新潮新書

筒井康隆
TSUTSUI Yasutaka

老人の美学

835

新潮社

イラスト　山藤章二
『銀齢の果て』新潮社版より

はじめに

八十歳を過ぎて何年目かに、思考力が鈍って、なんだか昼間からずっと酔っぱらっているような状態になってしまった。だからふらふらしていい気分ではあるのだが、脳に一枚薄い膜がかかっているようで、ちょっと不安になり、脳外科へ行ってＭＲＩの検査をしてもらったところ、脳自体は年齢相応に縮んできてはいるものの、海馬は立派なものだと言われて安心した。

そう言われてみれば、人の名前だの小説や映画や曲のタイトルなど、しばしば思い出せないで苛立ったり困ったりすることはあるものの、しばらく考えていると、または少し時間を置いて思い出そうとすると、必ず思い出せるのである。つまり思い出すのに時間がかかるだけで、記憶力即ち海馬の機能そのものは大丈夫のようである。脳の縮小は若い時からの飲酒によるものか喫煙によるものか、またはこれも八十歳を過ぎてからの睡眠導入剤の依存によるものか、こちらの方ははっきりしない。

これはたまたま脳の話だが、似たようなことは身体のあちこちにあらわれてきていて、皮膚炎、筋肉痛、関節炎など、入れ替り立ち替り悪くなったり治ったりするのだが、これらはあきらかに歳をとったがゆえの老化現象なのであろう。

否応無しに老化ということを考えさせられるようになったのは、しばしば老人問題を老人代表として述べるよう、あちこちの雑誌などから依頼されたからである。実際にも老化しているわけだから、書くことにさほど苦労はない。今回新潮新書からの求めに応じてこんな書物を上梓したのも、老人問題を論じているうちに、集大成みたいなものを残したくなったというのが本音である。さらには、書いているうちに新たな発想や発見があったこともつけ加えておく。

「美学」と称したのは、ここでは主として、先に述べたような老化によって、言動、言説など生活態度や見た目や立ち居振舞いがみっともなくなることを避ける、実際的な知恵を書いているからである。これが書けるのは小生がたまたま役者もやり、テレビに出たり舞台で喋ったりする機会が多いからなのだが、こうした知恵は小生と同年輩の、一般の老人にとっても強ち(あながち)無縁ではなく、必ずや何かのお役に立つのではないだろうか。だからこれを読まれた読者からの何らかの反応を、小生、大いに期待している。

目次

一　人生の時代区分と老人年齢の設定

小生の「敵」という、老人を主人公にした長篇小説が出版された時のことだ。数学者の森毅さんと、この作品について対談したことがあって、その対談の中で小生は人生を三つの時代に区分した。即ち三十歳までは学習の時代、六十歳までは労働の時代、つまり収穫のための種蒔きの時代、そしてそれ以後を収穫の時代としたのである。

実際、小生の小説家人生を振り返ってみれば、作家として独立したのが三十歳前後だった。それ以前の数年はデビューこそ果していたが、まだまだ雌伏の時期だったのである。そして三十歳から六十歳までは、遊びもしたがずいぶん働いた。ワーカホリックと言えたかもしれないが、同年代の作家の中には非人間的と言えるほどメチャクチャに働いている流行作家が何人もいた。そんな人たちを見ているから、特に自分だけがよく働いているとは思わなかった。一方では飲みに行ったり、自分で劇団を作って芝居をしたり、映画やテレビドラマに出演したりといった、いわば息抜きともいえることもしていたから、尚さら自分を働き蜂とは思わなかったのだろうと思う。

この対談の時は勿論、森さんがまだご存命の時であり、阪神淡路大震災の三年後で、小生はまだ六十三歳であり、六十歳を過ぎたからというので、おお、収穫の時期が来たぞと、もはや引退のことを考えていたのか、それとも小説家にとっては収穫という作業だって労働の一部だという考えでいたのか、どちらかだろう。

現実には小生現在八十五歳、小説の執筆量こそがくんと落ちたものの、ご覧の通りまだこんな新書を執筆したり、頼まれれば短いエッセイを書いたり、気が向けば短篇小説を書いたりして稼いでいる。しかしこれとて長篇書き下ろしや長篇連載や連作などの本格的な労働ではなく、お手軽な仕事として老作家にも可能な小遣い稼ぎ、つまりは収穫と考えられぬこともない。また、現在は老年期が長くなって人生百年時代とも言われているから、六十歳からの三十年をもう少し延長したほうがいいのかもしれない。

この対談の時、小生がその話をすると、森さんが面白い説を提唱した。それが「人生忠臣蔵」説である。

お気づきではあろうが、人生では、感覚的に時間が等間隔には進まない。年を取ると時間の経過がどんどん早くなるように思う、だから小生の区分のように二十年、三十年といった単位で分けるのは無理ではないかというわけである。そこで森毅先生は物理学の拡散現象という学説に依拠した。これはブラウン運動とか熱の伝導とかいったものであり、時間の平方根に比例する。つまりすべての物ごとの変化の自乗は時間と共に累積する。そこで森先生は、この理論を人間の一生の変化に応用したのである。

人間は、どんなに長生きしてもせいぜい百二十歳である。十一の自乗は百二十一歳だから、百二十一歳までの人生を十一に区切ることができる。十一段と言えば忠臣蔵だから、これを名づけて「人生忠臣蔵」なのである。ここで言う忠臣蔵は「仮名手本忠臣蔵」であり、小生の好きな「元禄忠臣蔵」ではないのだが、以後は忠臣蔵と言えば「仮名手本」の方だと思っていただきたい。

さて忠臣蔵の大序つまり序段は「鶴岡の饗応」兜改めの場であり、ここは一×一で一歳である。森さんに言わせれば一生のうちでいちばん変化が激しい時で、表情が出てきたり言葉らしきものを憶えたり、人間らしくなっていって、たった一年間で急成長する。二段目は二×二で四歳。「諫言の寝刃（ねたば）」という場で、事件発生の種が芽生えるのだが、ここまでは家の中の子育ての時期で、幼稚園なら年少組。

次の三段目が三×三が九歳で小学校三年生までである。疑似社会体験をしはじめる時期で、小生などは上級生からいちばん虐（いじ）められた時期であった。忠臣蔵では松の廊下の刃傷の場。

四段目は判官切腹や評定や城明け渡しなどの場である。つまり四×四で十六歳までの青春期であり、内省にふけったり性に目覚めたり、いちばん難しい時期である。五段目はお軽と勘平のドラマで、五×五＝二十五で青春期。

次の六×六＝三十六歳までが自分のスタイルを作る時代だと森さんは言う。オリジナリティを発揮してこの時期に世間で認められる人もいるけれども、大部分の人にとっては下積みの時代であろう。この部分は勘平切腹の場である。

忠臣蔵でいちばん華やかな七段目は祇園一力茶屋の場面で、七×七＝四十九歳までの、世の中に認められ、三十六歳までの努力が花開き、評価される時期である。

そのあとの八×八＝六十四歳までは、事件や不始末があった時に頭を下げる役をする時代。これは小生も思いつかなかったことで、なるほど社長などの役職につくと部下の不始末や企業の損失などで人前に立ち、マイクを持って、カメラに頭を下げる年齢でもあるのだ。忠臣蔵で言えば八段目の「道行き旅路の嫁入り」という所作事の場面だ。

森さんによれば次の九段目こそがしっとりしていていちばんいいのだそうである。忠臣蔵の「山科閑居の場」で九×九＝八十一歳というシルバーの時代、老人としての自由を作り、謳歌する時代だ。

十段目以降は余録だと森さんは言う。十段目の天河屋の段も十一段目の討入りもみんな余録なのだ。こう考えればそれぞれの歳に合ったスタイルで、無理をせずに生きられるのだそうである。小生などはもうとうに余録の時代に入っているのだが、結構仕事があり雑用も多く、今は余録だ、とはどうしても思えないので、現在ちょっと、この部分の書きかたに困っている。あいにくあの対談からは時が経ち、今や「人生百年時代」と言われているのだから、余録の時代もずいぶん長くなったものだ。

森毅先生自身はご自分で言っていた老人としての自由を謳歌する時代となって一年目の八十二歳で亡くなったが、亡くなってから早くも九年、小生より六歳歳上だからあの対談から十二年、この高齢化時代、高齢化社会をどう思っておられたのだろう。老後の生きかたについてはいろいろと著書をお持ちなのだが、もう一度直接お目にかかってじっくり伺いたかったようにも思う。

さて、こうした時代区分と老年の設定にはどんな価値がありどんなことに役立つのか。小生の思うところ、特に高齢者、後期高齢者にとっては自分の居場所を見定め、社会の中での自分を律する役に立つと思う。勿論それ以前の、それぞれの時代に区分される少年、青年、中年にしてもそうで、それぞれの時代の生きかたの指針となる美学がある筈だ。だが、それぞれの時代に足を踏み入れるのは誰にとっても初めての経験である。こんなものを書いている小生にしてもそうだ。だからこそ自らの指標となる思考や行為や行動を設定して、そこに何らかの美的価値を見定め、それに沿った生きかたが必要になってくるのではないだろうか。

しかし特に少年、青年、中年にとっては生活様態も精神状態も職業その他の社会的地位も多種多様であり、その年代の美学など簡単に設定できるものではない。だからこそ、第一線から退いてほぼひとしなみに「山科閑居の場」となった老年期こそ、自分に相応しい生きかたの美学を見つけることができるのではないだろうか。

老人といってもさまざまである。中には生きかただの美学だの、そんな七面倒なことなど考えず、人から嫌われようとどうであろうと自分の思うままに生きてやるのだという老人もいれば、「老人になったのをさいわい、ボケたふりをしてスーパーではちょっとした万引きをやり、つまずいたふりをして若い娘やイケメンに抱きついたり、気に喰わぬ若者にからんだりしてやるのだ、たいていはボケを理由に許してもらえるのだからこたえられぬわい、わはははははは」などという、不良老人や意地悪婆さんもいるだろう。それはそれで彼らにとっての一種の美学ではあるのだが。

どのような老人にせよ、自分が理想とするような老人には、モデルとなる人物や思想が存在する筈である。そのモデル像はどうやってその人の中で生まれたのか、それを探ることもまた美学を確立するためには必要であろうが、別段、そんなものの確立しなくてもいいわけであり、確立したからといってどうということはない。その理想とするモデルが村井長庵とか、いがみの権太とか、時にはヒットラーとかいった悪の権化と言える人物であったりする可能性もあるし、そのような悪の理想像を心に抱いている人も案外多かったりするのだ。

それはまあ極端であるにせよ、常識的には人間、人から嫌われるよりは好かれた方がいいわけだし、好かれるためには何らかの美学が必要になってくるのもまた確かである。小生がそうしたことを論じるに適した者であるかどうかは自分でもよくわからない。わからないながらも、手探りで考えていくことにしよう。

考えるためには持ち駒が要る。自分の周囲に、よきにつけ悪しきにつけお手本になる老人がいるかどうか。サンプルは多ければ多いほどいいが、さいわいにして仕事柄いろんな老人とつきあってきたので、手持ちの数は多い。老人が登場する小説も一般の人よりはたくさん読んでいる。世間とのつきあいでいろんな老人がいることも人並みに知っている。知り合いの作家たちが老いについて書いたエッセイもよく読んでいる。そんなこんなで、このエッセイ、なんとか手持ちの材料だけで書けそうだ。あとはそこからどんな考えが生まれてくるか、我ながら楽しみなことではある。

二 「敵」の主人公・渡辺儀助の美学

さて、それでは最初に戻って、そもそもこの対談のきっかけとなった小生の長篇「敵」を、森毅先生はどのように評価して下さったのか。

「たまたまテレビを見ていたら、ボケの話題になったんですよ。ボケの前兆というのは時間感覚や位置感覚が薄れ、代名詞が多くなるという。それを聞いていて、『何だ、ボケというのはモダニズム文学に似ているな』とふと思った。すると、ボケというのもなかなかしゃれたものじゃないか（笑）。モダニズム文学では、ひとつの文中で突然主語が入れ替わったり過去の出来事を意図的に現在形で表現したり、わざとわかりにくくするでしょう。すると、モダニズム文学はそのままボケ老人ではないか……。そんなことを考えていたところに、老人をテーマにした筒井さんの『敵』が出た。あの小説もモダニズム文学のように、読点を極端に省いたり、主人公の記憶と現実が交錯したりとさまざまな仕掛けがあって、とても楽しく読みました」

勿論、「敵」はモダニズム文学のような文体の美を狙っていると同時に、主人公渡辺儀助の老人としての生活の中の美を描こうともしているのだ。では、渡辺儀助の目指す美とはどんなものなのか。書き始める時には、ぼんやりした恰好のいい老人のイメージがあるだけで、何もわからなかった。「敵」を書いた時の六十三歳という年齢では、自分の中にも老人という自覚はそれほどなかったのである。ただ、老人を書く以上、主人公が六十三歳では若過ぎて具合が悪いので、七十五歳という設定にした。

「敵」という着想を得て、その内容をさまざまに考えているうち、まだ「敵」を書き始める前だったように思うが、ドゥマゴ文学賞の選考をすることになり、その贈賞式に渋谷のドゥ　マゴ　パリというカフェ・レストランで中村真一郎氏とお逢いした。中村さんは小生より十六歳も歳上でこの頃はもう七十何歳かになっておられた筈である。既に二十二年前に亡くなっているが、この頃からご自分が病弱であることをあちこちに書いておられたので、小生早速「敵」の話を持ち出していろいろ教えを乞おうとした。主人公を七十五歳に設定していることをお話しすると中村氏の助言はこうであった。

「あのね筒井君、人間は七十を過ぎると途端にがくんと体力が落ちてしまいます。あなたはまだ六十になったばかり。とても想像はつかないと思います。主人公を七十五歳にしたのなら、八十歳の老人のつもりで書いた方がいい。いや、八十五歳でもいい」

なるほどそうかも知れない、いや恐らくその通りだろうと、その時小生はそう思った。六十歳を過ぎたばかりでは七十歳を過ぎた自分の老化程度など推測できるわけはないと考えたのだった。しかし実際にはどうであったか。中村氏には申し訳ないが、思っていた以上に健康を維持して七十歳代はそれまでの体力に何ら変りはなく、八十歳代になってやっといろいろな体調の変化が訪れたのだが、それとて皮膚炎とか誤嚥とか便秘とか足の筋肉の衰えによる痛みとか不眠とかいったものであり、大病を患ったり手術をしたり入院をしたりといったものではなかったのだ。

したがって、以下に書く「敵」の主人公、渡辺儀助の老人としての生活は、あくまで六十歳過ぎの小生が想像して書いたものに過ぎないということをお断りしておく。それ以後の小生の人生における考え方の変化はそのあとで書かせていただこうと思うが、なにしろ小生の先輩や友人には七十歳代で鬼籍に入った人もたくさんいる。だからこの部分は七十歳代の自分の「老人の美学」として読んでいただいてもいいだろう。

七十五歳になる渡辺儀助は退職した大学教授である。夫人は亡くなっているので食事、洗濯、掃除などの家事一切をすべて自分でやっているのであろう。日本家屋なのでベッドはない筈だし、だから布団の上げ下ろしなどは結構面倒である筈なのだが、歯磨き洗面などを含めこうしたことも仕事の一種と思い、歳をとってからは厄介なルーティン・ワークも人間にとって重要な尊い作業であると考えているようである。

食生活は極めて質素であるが、飯の炊きかた、食材や調理のしかたなどには拘(こだわ)る。朝食は飯と、主に鮭で、切り身を半分だけ食べ、あとは茶漬けだ。昼は麵類、好きなのは辛い韓国冷麵だが、からだに悪いから二日以上食べ続けるのは控える。我慢することは老人性の快楽にも繫がるのである。朝食に比べれば夕食はやや贅沢であるが、せいぜい好きな焼鳥を焼く程度だ。時には不相応な美食もするし焼酎やビールも飲む。

儀助には過ぎた友人と思える人物がひとりいて、それは儀助に対しておそろしく面倒見のいいグラフィック・デザイナーの湯島定一だ。過去にはさまざまな友人がいたのだが、今は儀助が敬愛できるただ独りの友人になってしまい、それも年とともに疎遠になりつつある。

「今でも時おり人恋しくなって電話に手をのばしそうになる。だが儀助はこれ以上湯島に甘えてはならないと思いとどまる。もしかすると湯島の過剰な奉仕は儀助の遠慮恐縮負い目による疎遠を望んでいるためかもしれないではないか。まさかそうではあるまいと思うものの逆に湯島が自分からの電話を待ち侘びていたとしてさえむしろ待ち侘びて貰っていた方がうんざりされるよりも望ましいのだと儀助は断じるのだ。そう思うことによって寂しさが喜びの感情に転じたりもする」

好ましい友人だからといって自分からすり寄って行かないのが儀助の美学と言える。同様に、昔の教え子でその後女性雑誌の編集者となり、演劇の専門家である儀助に原稿を依頼したりしていた鷹司靖子という女性との交流にしても、肉体を求めて断られた時の気まずさを恐れて、というよりもむしろ「追えども去らぬ煩悩の犬につきまとわれての老後」という洒落た境遇を楽しんで、「遅いから泊っていきなさい」という、つまりは一緒に寝ようと強いることになることばを言わないでいる。彼女が自分を愛している筈だと確信していながらも、そんな自制心を働かせるのが儀助の美学であろう。彼女への欲望が昂進してエロチックな夢を見た時など、またいつかそんな夢を見ることを楽しみにして儀助は老後を生きていくのである。

このように「敵」は主人公渡辺儀助の日常を「朝食」だの「友人」だの「酒」だの「鷹司靖子」だのと、四十ほどの章に分けて描いているのだが、特に「老人の美学」を書こうとして書いた小説ではないので、美学的な部分の文章だけを選び出すのははなはだ困難である。前述したように、モダニズム文学的な文体の美を狙ってもいるし、些細な描写の中で渡辺儀助の老人としての生活の中の美を描こうともしているので、文章の中に現れるそうした美については、この長篇をまるごと読んでいただくしかない。

ではこの作品を書いた結果として、一老人としての渡辺儀助が無意識的に目指していた美とは、どんなものであると結論づけられたのか。書き始める前には上品な恰好のいい老人のイメージしかなかったのだが、いざ書きはじめてからは、必ずしも美的ではない、老人の狡猾さ、意地汚さ、意地悪さなども書かねば片手落ちになりかねないと思い、そのあたりもリアルに書いたつもりである。そうした細部も含めた上で、ぼんやりと全体から浮かびあがってきた結論を言うなら、つまりは「抑制の美」ではなかったかと思うのだ。それはきっと単に何もかもを抑制し、あらゆる欲望を我慢するだけではなく、それらを上手に飼い馴らして愉しみに替えたりするずるさも併せ持った抑制ではなかっただろうか。自分で書いておきながらあやふやなことであるが、実際これを書いた二十年ほど前には、ひたすらリアルで理想的な老人像をということしか考えていなかったのである。

今、この作品を読み返して思うのは、抑制というのは何も老人に必要な処世術であるにとどまらず、あらゆる年代の人間にとっても不可欠の行為ではないかということだ。この歳になってやっとそんなことがわかったのかと言われそうだが、実は小生、あくまで小説を書く上だけでのことだが、抑制などというものは不必要だと思っていて、それを生き方全体に敷衍(ふえん)して考えていた節がある。老人の美学ということを考えはじめてやっとそれに気がついたらしい。

勿論日常生活では抑制ということをしないと社会生活ができないので、不必要だなどと考える以前に、それと意識しないままで、脳内では抑制という働きがあったに違いないのである。一般的には老人になると、身体のあちこちが動きづらくなり、小さな失敗をしたりするが、そうした老化現象に反撥して所謂(いわゆる)「年寄りの冷や水」と言われる無茶な行動をとったり、自分はまだ若いのだということを証明するために、まるで若者のような、老人らしくない言動を周囲に見せつけようとしたりする。

小生も以前は時おりそんな衝動に身を任せたものだが、そうした思慮の足りない老人は尚さら、例えば大失敗をするなどの痛い目に遭って、以後の抑制を自覚することになるし、また、そうしなければ危なくて生きて行けない。

さいわいさほど自らに自覚を強制しなくても、老齢になれば性行為や食事などは、そもそも性欲や食欲が衰えるため、努力なしで自然と抑制することができる。そのかわり名誉欲や名声欲、即ち権力欲が昂進したり、我儘（わがまま）になり頑固になり怒りっぽくなるという老人性の退行現象も起る。いわば反美学的な精神的傾向と言える。こういうものへの小生自身の対処のしかたも、追い追いあとの章で書くことになるだろう。

「敵」の主人公の、すべてにわたって抑制するという美学は、即ち現在の小生の美学なのかというと、必ずしもそうではない。小生この歳になっても、特に小説の文章などではあいかわらず過激さを失わずにいるし、実生活においても面従腹背だの忖度だの腹八分だの遠慮深さだのといった、一般に日本人の思慮深さとか美徳とか言われるものはさほど持ち合わせていず、どちらかと言えば文豪ぶって偉そうにしている。ま、それが現実であり、現在の小生が理想とする老人の美学とはだいぶ違うようである。

三　グランパ・五代謙三の生き方と死

「敵」の一年後に出版した長篇「わたしのグランパ」は読売文学賞こそ受賞しているものの、純然たるエンターテインメントである。だから主人公である五代謙三はやたらと格好がいい。そんな格好のいい人物が現実にいるわけはないので、この章はあくまで作者の理想としての老人のことを書いているのだと思っていただきたい。前作の「敵」が、老人の日常をリアルに描こうとした純文学作品なので、思いっきり格好のいい老人をエンタメとして書きたくなったのかもしれない。

と言っても、実はこの五代謙三にはモデルがいる。田宮謙治郎。わが母方の祖父である。見た目は普通のお爺さんだが、なんとなく凄みがあった。若い頃は満州で馬賊をしていたという噂もあった。そしてこの人は五代謙三と同じく、刑務所に入っていたことがある。戦前に質屋業か不動産業をしていた頃のもめ事で、何かあったらしい。そして小生もやはり「わたしのグランパ」のヒロイン珠子と同じで、そのことを知ったのは父の戦前の日記の中に「義父は囹圄(れいぎょ)の人であり」という記述を見つけたからであった。

お祖父ちゃんは大阪の住吉区粉浜で大きな質屋を営んでいた。母はずいぶん甘やかされて育ったようだ。ある日番頭が大慌てでお祖父ちゃんに「旦はん、えらいこっちゃ。とうはん（お嬢さん）、物干から下の道路へ、金、撒いてはりまっせ」と報告に来たという。手提げ金庫の金を通行人に向けてばら撒いていたらしい。大騒ぎになったという。

このお祖父ちゃんからは小生ずいぶん可愛がられた。就職した頃はもう寝たきりだったが、見舞いに行くと初任給はいくらかと訊くので、当時としてもずいぶん安かった給料の額を言うととても嬉しそうに笑った。なにがそんなに嬉しいのだろうと思ったのだが、どうやらお祖父ちゃんの頭の中の金の価値は戦前に戻っていたらしい。

五代謙三はこの田宮謙治郎というお祖父ちゃんを小生が理想化した人物でもある。

気軽にひょこひょこと我が家へ、つまり娘の家へやってきて何やかやと面倒ごとの相談に乗ってくれたりするお祖父ちゃんを、子供の頃の小生はなんとなく凄いひとという目で見ていたものだ。そうした人物像を小説に定着させたかったのだと言える。

小説の方の五代謙三、略称ゴダケンは、刑務所から出てきた時はもう七十歳代半ばで、孫娘の珠子は公立中学の一年生。学校ではいじめに遭っている。五代家は世帯主であるゴダケンのせいで家族間の関係がごたごたしているが、家に戻ってきたゴダケンはそんな問題を、時にはやや荒っぽい方法で次つぎと解決していくのである。

最初は珠子を虐めていたグループのリーダー、木崎ともみが、昔塗装屋をやっていた木崎という男の孫娘と知り、ゴダケンは母親の静香について調べ、彼女が「ゴルゴダ」といういかがわしいバーでホステスをしていることを突き止めて、ストロボ不要の高級カメラを買い、その店に行って案の定淫蕩な行為に溺れていた静香の醜態を撮ったのである。ゴダケンが写真を見せるなり木崎ともみは泣き出し、もう絶対に珠子を虐めないからと誓って、母の写真を人に見せないでと頼む。グループのあとの三人は、珠子自身が怖い顔で逆襲して、自分の取り巻きにしてしまう。祖父から、お前の怒った顔は怖いと言われていたからだった。

こういう戦略で孫娘へのいじめを阻止したゴダケンの行為は、いわゆるちょいワル老人の悪知恵と言えるだろう。そしてこのあたりが主人公ゴダケンの魅力だったと言える。この、ちょいワル老人の魅力についてはあとの章で述べることになるだろう。

仲が悪かった娘夫婦にゴダケンは草津温泉のクーポン券を渡す。自分の部屋の隣室が夫婦の寝室であったことこそ不仲の原因であったと教えられ、さすがに中学生の珠子も事情を理解した。そして草津から、夫婦は上機嫌で、母親に至っては美しくなって帰ってきたのである。そんなゴダケンを珠子はグランパと呼び、最初のうちはずいぶん警戒していたのだが、学校でのいじめをなくしてくれて以後は次第に打ち解けていく。

五代謙三のことを昔からゴダケンと呼んでいたのは、実は彼の気質を愛している近所の商店街の人たちだった。ゴダケンは俠気があり、面倒見がよかったし、町内の誰とも仲が良く、刑務所から出てきてからも、大売り出しの時に店内に垂らす赤い短尺を書く仕事を手伝ってやったりして、小遣い稼ぎをしていた。昔の人間の多くはごく普通に楷書が書けたのである。そもそも謙三が刑務所に入ったのも、持ち前の正義感から、あるいはそれは正当防衛だったのかもしれないが、やくざと喧嘩して相手を殺してしまったからなのだった。

珠子の通う中学での校内暴力も、生徒たちの家族を昔からよく知っているゴダケンにとって、解決することは決して無理ではなかった。不良学生たちと喧嘩して負傷したゴダケンは、やってくるパトカーの音を聞いて彼らに逃げろと叫んでやったし、学生たちのことを警察に通報することもなかった。リーダー格の徳永につれられて詫びを入れにきた学生たちは、そんなゴダケンをすっかり尊敬してしまい、みんなで協力して校内暴力をなくすことを誓う。

そのゴダケン、実は屋根裏に、二億円もの札束の入った黒革のトランクを隠していたのだ。昔、会社を経営している時、約手の割引をしていた暴力団に騙されて破産したことがあり、その仕返しに彼らが武器の取引をしていることを突き止め、彼らが駅のロッカーに隠していた札束——つまり武器の代金を奪ったのだ。他にも地元のやくざからは土地の地上げを狙った脅迫を受けてもいる。だがゴダケンは平然として、つきまとってくる彼らをあしらっていた。

だが、ついに暴力団の連中はゴダケンが二億円を奪って隠しているに違いないと睨み、有無を言わせぬために珠子を誘拐する。ゴダケンはすぐさま組長の疋田の娘の絵美を誘拐した。誘拐に協力したのは珠子の学校の、以前のあの徳永たち不良学生と、ゴダケンに地元のやくざとのみかじめ料をめぐるごたごたを解決してもらった「ジャスミン」というバーのマスター、慎一だった。徳永や慎一、それに絵美をつれて取引場所に現れたゴダケンたちは、四挺もの自動小銃を持っていた。隠してあった武器のありかもゴダケンは知っていたのだった。脅す為に自動小銃を撃ちまくったゴダケンたちは、無事に珠子と絵美を交換する。「今後いっさい、忘れてくれ」というゴダケンの求めに疋田がしぶしぶ応じ、暴力団との間の事件はこれで終る。

そして突然、五代謙三は死ぬ。川で溺れている女の子を助けたのはいいが、自分が溺れ死んだのだった。家族が悲しむ中、自分もひとしきり泣いた珠子が、「グランパは、死にたかったんだと思う」と言う。大人たちが驚いて「何でだよ」と、問う。

「だって、死に場所を捜してるみたいだったんだもの。やくざから殺すと脅されて、とても嬉しそうな顔をしてたこともあったわ。危険なことが平気だった。死ぬ気なら何でもできるって、徳永君に言ったこともあるし。自分にできることをやって、それで死んでも構わないと思ってたんだわ」

普通の老人については、なかなかこんなことは言えないが、内心これに近い考えの老人は多いのではないだろうか。勿論、いざとなったら、とても平気で死ぬなんてことはできないとわかっているから、小生の場合どう間違えてもこんなことは言わない。しかし、いよいよ死期が迫ってきた時には、いちばんやらねばならないこと、やり残して死んだら遺族が迷惑するだろうことを、懸命に、やり遂げようとするであろうこともまた、多くの人と同様、たしかなことである。

珠子は言わなかったが、実は祖父が二億円の札束を屋根裏に隠しているのを知っているのは、祖父からそれを見せられた珠子だけだった。長く生きていると、せっかく存在場所を教えてやった孫娘に遺すべきその金を、どんどん使ってしまうことになる、ゴダケンはそう考えていたとも思われる。実際にそう考えて自殺する人はいないにせよ、子供を装ってかけてきた電話を信じ、ありったけの貯金を渡してしまう老人がこんなに多いということは、子供のためなら全財産をやってもよいと考えている人がそれだけいるということであろう。勿論、海千山千のゴダケンがそんな詐欺に引っかかるわけはないのだが。

「わたしのグランパ」は発表後四年目に東映で映画化された。五代謙三は菅原文太が、珠子は映画初出演の石原さとみが演じている。珠子役の女優を捜すためのホリプロ・スカウト・キャラバンでは最終審査に小生も加わって、彼女を強く推している。菅原文太はこれ以上ないという好配役で、渋くゴダケンを演じてくれた。

撮影初日は、そろそろ寒くなるという時期だったから、ラストに近い、ゴダケンが溺れた少女を助けるシーンを撮った。撮影が終わった日の夜、数人のスタッフと文太さんが我が家の近くのイタリア・レストランで会食する席に招かれた。その席での話だが、溺れる少女役の何人かをテストした時、文太さんのからだに足を巻きつけてしがみついてきた子がいて、文太さんは一も二もなくその子に決定したと言う。足を巻きつけてくる子を選ぶなど、実際の川で行われたロケだから、ヤバい話だ。文太さんは小生より一歳歳上だからこの時は七十歳。まだまだ元気で、その夜は我が家へも立ち寄ってくれた。芋焼酎ならどんな銘柄でも旨いと教えてくれたのもこの時である。

その後も撮影にエキストラとして参加した時、一緒に近くの蕎麦屋へ行ったり、撮影終了後も彼がパーソナリティをやっているラジオ番組に出演したりしたが、二〇一四年、肝癌による肝不全で永眠。享年八十一歳。それ以前に山田洋次監督の

「東京家族」に主演することになっていたが、クランクイン直前に発生した東日本大震災で「どういうテーマであれ、今は映画を撮っている時じゃない」と降板を発表。被災地の宮城県が故郷だったのだ。他にもふるさと回帰支援センターの顧問を務めたり、国民運動グループを結成したりしていて、文太さんらしいなあと思う。小生もまたふたつの大震災を経験し、こんな大震災のあとでは小説なんかどうでもよくなるなどと、似たようなことを書いてはいる。だが勿論、文太さんのような徹底した行動はしていない。

菅原文太は交通事故で一人息子を亡くしている。もう七十歳近くだったから、これはずいぶんつらかっただろう。小生にも一人息子がいるから、それがどれだけつらいことか、いやというほどわかるのである。だがこのあたりのことは後の章で「家族との融和について」書いているから、そちらをお読みいただければと思う。

四　老人が昔の知人と話したがる理由

作家の常盤新平が、こんなことを書いていた。

彼の父君は会社勤めをしていたが、定年で退職した。その後、お父さんはしばしば辞めた会社に電話をかけ、以前の同僚や部下と話すようになった。「やめればいいのにな」と常盤氏はいつも思っていたらしい。ある日、またしてもお父さんは会社に電話をかけた。いつもの通り、特段の用はなかったらしい。そしていつものように、相手からそっけなくあしらわれたようで、電話を終えたあと、顔が赤くなっていたという。

これはよく聞く話である。「また誰それさんから電話がかかってきて」と、昔の上司からの電話に悩んでいる人はずいぶん多いようだ。かける方にしたって、用もないのに電話をかければ相手に迷惑だし、煩がられ嫌われるということはある程度わかっている。しかし本人にしてみれば、自分ではどう仕様もない衝動がここには伴っていて、現在の自分の存在価値、ひいては存在理由を確認しなければいられぬ、のっぴきならない心理が働いていて、抑制、といったことにまで頭がまわらないのだ。

定年退職した後、いったい自分はあの会社にとって何だったのか、あの時の自分に対する皆の尊敬や愛情はどこへ行ったのか、皆はまだおれのことを憶えてくれているんだろうか、さもなくば何でおれはこんなに暇で、我が身を持てあましているのか、そもそも自分とは何なのか、そんな疑問が涌きあがってきて、自分の存在への、ある意味根源的と言える不安に陥り、じっとしていられなくなるのである。そしてつまらないこと、それはつまり「あっ。あの件はどうなっただろう」「あっ。彼はあのことに巧く対応しているだろうか」といった、ごく小さなつまらないことを自分への口実にして電話をする。時には会社まで行ったりする。これを何度もやられたら昔の同僚や部下にしてみれば、たまったものではない。しかしそんなことをする衝動を抑制するには、相当以上の努力が必要だ。人並み以上の精神力、と言ってもいい。しかしこれは抑制しなければならないだろう。さもなくば用もないのにもとの会社に電話する、時には行くといった、自分の価値を自分で貶める行動をとることになるからだ。

しかし、これがまったくわからない人もいるのである。在職中に羽振りを利かせていた人ほどそうなるようだ。仁尾一三という編集者がいた。小生の担当者で「俗物図鑑」の連載を担当してくれた人だ。司馬遼太郎氏とも知り合いで、相当に羽振りがよく、二、三度はクラブのママも同道して閉店後に中華料理の「天壇」へ行ったりもした。赤坂の「維新號（いしんごう）」に連れて行ってもらったこともある。新人作家だったから何でも珍しかった頃で、これは嬉しかった。

この人が退職した。年齢もよく知らなかったし、「俗物図鑑」以後はつきあいが途絶えていたから、何年頃退職したのかも不明である。仁尾さんが退職した、ということだけを聞いた。そして何年か経った。

もう二十五年ほども以前のことになるが、「筒井康隆三本立て」と銘打って、小生と白石加代子の二人で朗読劇をやり、彩の国さいたま芸術劇場を皮切りに全国十何カ所かを公演して回ったことがある。その初日、二本目が終って自分の楽屋に戻ってくると、仁尾氏が来ていた。久しぶりだったから最初はやあやあということで少し盛りあがり、ちょっと世間話をしたあと、そろそろ次の幕があがるので客席へ戻るよう促したところ、なんとチケットを買っていないと言うのである。つまりはおれと話すためにだけやってきたのだ。

最後の幕は白石加代子のひとり舞台だったから、おれはしかたなく楽屋のソファに居座ってしまった仁尾氏の話し相手をした。近況を聞くに、仁尾氏は何かを執筆しているもののなかなか出版してくれるところがなく、今になってやっと作家たちの苦労がよくわかるようになったなどと、なんだか少しズれたような愚痴であり、その他何やかやの、その時の小生にはまったく興味を持てない話題ばかりであった。

そのうち終演が近づいてきた。三本目が終るとカーテンコールがあり、これには当然小生も出なければならない。仁尾氏ひとり楽屋に残して舞台に出るわけにもいかないから、出番なのでお引き取りをと遠回しに言ったのだが、仁尾氏はなんと、終ったら飲みに行こうと言うのである。演劇界では初日祝いというものがあり、初日には幕がはねたあとスタッフ、キャストが集って一杯やることになっている。この初日祝いは次の日の二日落ちなどを避けるため、ごく軽く飲むのだが、この時も確か劇場ロビーでやったと思う。軽く飲むと言ったって、いつまでかかるかわからない。しかし「初日祝いがあるので」と言っても仁尾氏には通じなかった。この人にはわからないんだろうなと思いながらも、出番が来たのでスタッフに頼んで否応無しに仁尾氏を楽屋口からお見送りさせたが、すでに退職した人が、遠い昔の知人というだけで会いにくるそのような言動には初めてお目にかかったわけで、小生にとってはいささかショックであった。

仁尾氏は九年前に亡くなった。小生と会ったあれ以後の十数年間、仁尾氏がどんな生活を送り、どんな思いで人生を終えたかはわからない。しかしどう考えても、あの時の仁尾氏の言動からは、昔の知人に無理やり逢おうなどとはしない方がいい、などといった自制心を求めるべくもない日日であったのではないかと思う。

たしかに仁尾氏には世話になった。その恩を忘れたわけではない。しかしそれは仕事上のつきあいであり、何しろこちらは新人作家だから、できた原稿をずいぶん遠くの、当時の宅配便のような小さな会社まで毎回届けさせられたり、その他、締切日などでずいぶん厳しい督促もされているから、こちらにしてみればおあいこといったところだ。しかしあちらにはあちらの言い分があるのだろう。冷たくされた、と思われたに違いない。

定年で会社を辞める、というのがどんなに厳しく寂しいことか、小生だってある程度はわかっているつもりだ。その能力ゆえに在職中重要な仕事を任されて多忙であった人ほどそうであろう。小生が利用しているタクシー会社の運転手は、神戸では有名なある大きな造船会社の重役の専属になり、毎日送り迎えしていた。会社への送り迎えだけでなく、接待などで料亭やゴルフ場へも行き、この運転手はずいぶんあちこちで待たされたらしい。ところがこの重役さん、定年で退職した途端に、当然そうであろうが次の日からどこへ行くにもバスを利用するようになった。「あの重役さんがバス停に立っているのを見かけるたび、気の毒で可哀想で」とか「昔何時間も待たされてひどい目に遭ったりもしたので、ざまあ見ろと思う時もある」などと運転手は言っていた。

大きな企業だと、社友会、なんてものがある。毎月の例会だとか、総会だとか、ゴルフ大会とか、ビア・パーティだとか、要するに退職者が集まる会合である。これも小生、あまり好きではない。例えば企業のパーティなどへも社友がやってくるのだ。昔のお得意さんだったりするから、親しげに挨拶されてはあまり無礙(むげ)にも扱えない。

　退職してから再就職した先の、小さな同種の企業にいる人が仕事を頼みにやってくることもある。小生の場合はわが社の雑誌に何か書いてくれ、あるいは子供の本などを書いてくれというのが多いが、それらの仕事はたいした仕事ではなく、頼まれると迷惑、といった種類の仕事だ。向うもそれはわかっているので、あまり強く頼んだりはせず、申し訳なさそうに頼んでくるのだが、ひどく金に困っているというならともかく、昔は一緒によく仕事をしたからというだけであまりこういう行為はしない方がいいだろう。さすがに仕事をくれと言ってくる人はあまりいないだろうが、どちらにしろ、あきらかに老人の美学には反する行為である。

　小生の場合、多いのは出版社を紹介してくれという頼みである。例えば――乃村工藝社にいた頃だから約六十年前、昔も昔、大昔だが、そんな頃の、机を並べていた同僚が今頃になって訪ねてくる。自分のことを書いたので、本にしたいから出版社を紹介してくれ、である。一度読んでみてくれ、ならともかくとして、のっけから出版社を紹介しろだから畏れ入る。そう言えばたしかに小生、老後の暇つぶしに困っている人は、自分史を書いてはどうかと何度かエッセイで提案しているのだ。

　この本のタイトルを見て反感を持つ人がいるであろうことを、小生、推測している。お前は小説家であり、いくつになろうが小説を書いていられる結構な身分ではないか。そんなやつが世間一般の老人の老後についてあれこれ書くなどとはおこがましい。仕事がなくなり、収入が乏しくなった普通の老人の気持など、わかってたまるもんか。

　たしかにそうかもしれない。だからこそ小生、自分史を執筆すればどうかという提案をしているのだ。プロの小説家である小生にも書けないことがある。それは例えばこれを読んでいる読者の一人一人の人生についてである。一人一人の職業についてである。ありきたりの人生、ありきたりの職業というものはなく、ひとつひとつがその人の固有の人生であり職業であった筈である。作家だって、いざ自分史を書けばひとりの作家の自分史ができるだけの話だ。

小生が奨励しなくても、一般的に自分史を書こうとする人は以前からたくさんいた。出版社が募集したり、執筆や出版の方法を教えたりもし、出来のいいものは商品として自社から出版したりもしている。逃げるつもりではないが、いや、逃げるつもりだが、だからと言って、お前が奨励したんだからというので原稿をこちらに持ち込まれても困るのである。これは単に昔の知人に会いたいというだけでなく、その知人から何かを得ようとする行為であり、これも小生の考える「老人の美学」には反する行為だ。

昔の知人、というなら、同窓会、というものがある。小生は滅多に行かないが、いつも行く人だっている。いつも、とはいえ同窓会はどれだけ頻繁でも普通は年に一回だ。これが小学校、中学校、高校と通学先が変った数だけ行われるとすれば年に何回かになるが、これらをこまめに全部出席する人もいる。小生のように、滅多に行かない、という人も多い。小生の場合は現在の環境の違いによって会話が成立しないし、しても面白くない。最初のうちは昔話で盛りあがっても、結局いつも同じ話になって終るのが何とも侘しくていやだ。自分を昔虐めたやつが来ているからというので行かない人もいるだろうし、その他さまざまだろう。行ってきた人や毎回行く人の話によれば、喧嘩するやつも、この場合は二人以上ということになるが、いるそうだ。小生は毎回行き続ける人の気持がわからないこともあり、曾て何度か行って必ずいやな目に遭ったことから、行かないに越したことはないと思っている。

昔の知人に会いたいという気持は昔の自分に戻りたいという願望でもあろうか。しかし昔の知人なのだから会った相手も当然のことながら老人である。老けた自分に会うのと似てはいまいかとも思うのだが、不思議なことに昔の知人がいかに老けていようとさほど違和感がないのは何故なのだろうか。会った最初は、相手の老け方に驚くかもしれないが、それは向こうも同じだろうし、始終会い続けていれば驚くこともない。自分と同じ年代の相手に違和感がなければ、老けたことを自覚せずにすむが、そんなことで若返るのなら甚だ安上がりである。しかも同窓生だから会うのは大勢だ。昔の知人の多くと会い、話したがる理由というのは、案外そんなところにあるのかもしれない。

五　孤独に耐えることは老人の美学か

この章は前章を受けて、老人の孤独について考えてみたい。

退職して、何もすることがなく、周囲にも話す人がいないとなると、どうしても人恋しくなる。人間、どうも孤独には我慢できないようである。

「敵」の主人公、渡辺儀助は、近所にあるテナント・ビルの一階の「夜間飛行」という小さなバーへ、一カ月に一度くらいの割合で出かける。迷惑な一見の客を避けるため「クラブ」と称してはいるが、実際はバーである。結構高級な店であり、値段も高く、儀助はここで一度に一万円ほど使うのだが、それ以上の予算はないのだ。ここにはカウンターの中でバーテンダーをやっているオーナーの菅井という恰幅のいい男性がいて、その姪の歩美という大学生は、客でもなく従業員でもないという立場で、儀助の話し相手になってくれる。儀助を元大学教授と知って知識欲を刺激されたのか、儀助の専門の演劇のことを聞いてきたりする。また歩美と同じ大学の文学部の学友で保土塚英治という知的な若者が、歩美が来ていない時には儀助の相手をしてくれたり、帰りには大通りまで送ってくれたりもする。

孤独な老人にとってそんな幸せなことが起り得るだろうか。否である。これはあくまでフィクションであり、これを書いた時の六十三歳の小生が空想した、老人の理想的な日常の一部なのだ。実際には近くのバーや居酒屋に赴いても、そんな若い娘や青年が話しかけてくる筈はないのである。

人恋しくなって数百円とか千数百円ですむ居酒屋に行く老人はよく見かける。これは小生の七十歳代のエッセイだと思うが、独りで居酒屋に行っても、狭苦しい隣席に腰掛けていて否応なしに話さなければならないというシチュエーションでもない限り、見知らぬ他の客にはやたらに話しかけない方がいいと書いている。これはその通りである。その話題が自分に興味のある話題であったりすると、つい口を挟みたくなるものだ。また若い連中が間違ったことを、あるいは間違っていると思えることを大声で言っていると、つい訂正してやりたくなる。しかしあきらかに、そういうことは避けた方がよかろう。相手が似た境遇の老人ならともかく、だいたいにおいて自分より若い者は、老人の差し出口を嫌うと思っていた方がいいのだ。まして見知らぬ老人なら尚さらだ。こちらから振った話題で彼らと大いに盛りあがる、などといった幸運はまず、ないのである。

そのエッセイではこうも書いている。若い者がわあわあと、たとえ自分の得意とする話題で盛りあがっていても、そこへしゃしゃり出たりしないで、いかに言いたいことがあろうと老人は黙って聞いているというのが正しい態度である。隅でひっそりと飲んでいる限りは誰も文句を言わないだろうし、老人がそんなところにいては汚らしいとかうざいとか言われて追い立てられるようなことも、まさかないだろう。逆に、黙って飲んでいる老人というのはなんとなく気になる存在だから、もしかするとあっちから話しかけてくる、などといった幸運が訪れるかもしれない。

などと書いているが、実はそんな幸運も、またあり得ない。これは恐らく、当時の小生の体験によって書いたものだと思われる。ある集まりでビストロへ行った時、ひとりで煙草を喫うため歩道に面したテラスにいると、近くにいた若者たちが話しかけてきた。しかしこれは小生がテレビに出ているのをたまたま見たというだけの連中であり、小生のことは知らなかった。ひとりが「作家ですよね」と言い、女の子が「どんな作品を」と訊ねたので「ま、『時をかける少女』とか」と言ったら全員が「ええーっ」となった。滅多にないことだったが、これはたまたま「時をかける少女」という世によく知られた作品を書いていた小生だからあり得たことであり、通常はあり得ないことだ。小生にだってこんなことは二度となかった。

人と何らかのつながりを持とうとすれば、定年退職後の老人ならばさしずめ町内会やマンションの住人たちの世話役であろうか。会社で役職についていた人であれば信用されるから、世話役に就くのは簡単であろう。しかしこれとて、そこからが厄介な仕事だ。相手は自分の会社の気心知れた社員ではない。種種雑多な人たちである。こういう人たちを会社員時代の同僚なみに扱い、話のわかる連中としてつきあっていると、とんでもない目に遭う。世の中にはさまざまな人間がいて、中にはとんでもない女、突拍子もない男、モンスター・ママ、ものわかりの悪い我儘(わがまま)老人など、驚くべきキャラが五万といるのである。こういう連中とトラブルになったら助からない。まずこういう人たちの世話役はたとえ皆から頼まれても敬遠しておく方が身のためである。

六十三歳の時に書いた「敵」の中で、老人の孤独に関してだが、小生比較的、的を得たことを書いている。儀助とグラフィック・デザイナー湯島定一との関係である。二人は年とともに疎遠になりつつあるのだが、ここでの儀助の述懐をもう一度再録しよう。

「今でも時おり人恋しくなって電話に手をのばしそうになる。だが儀助はこれ以上湯島に甘えてはならないと思いとどまる。もしかすると湯島の過剰な奉仕は儀助の遠慮恐縮負い目による疎遠を望んでいるためかもしれないではないか。まさかそうではあるまいと思うものの逆に湯島が自分からの電話を待ち侘びていたとしてさえむしろ待ち侘びて貰っていた方がうんざりされるよりも望ましいのだと儀助は断じるのだ。そう思うことによって寂しさが喜びの感情に転じたりもする」

そしてこの本書の第二章では、好ましい友人だからといって自分からすり寄って行かないのが儀助の美学と言える、と書いている。例えば自分と境遇の似た老人であり、親しいからと言って、毎日のように逢い続けているうちには、何しろ気難しい老人同士のことであり、やはり何かしらの齟齬が生まれ、気まずくなることがある、ということである。親しくしはじめる以前よりも仲が悪くなった、というのもよく聞く話だ。必ずしもそうなると決まったわけではないが、そうなって絶交に至った時の寂しさ、侘しさを考えると、まだ孤独であった方がいいということになる。そしてこれは儀助の美学、というだけではなく、一般の老人にも当て嵌まる美学ではないだろうか。

茶飲み友達を持ってはいけない、などと言っているのではない。仲のいい茶飲み友達という人が存在すれば、これはまことに結構である。独身同士の男女の茶飲み友達など、まことに理想的な、羨ましいカップルと言えるだろう。しかし小生の経験からすれば、それはあくまで理想の友達であり、実際にそんな友達がいて長続きしている例は見たことがない。いや。わしには、わたしにはそういう友達がいる、という人がいたなら、お詫びするしかないのだが。

日本人はワーカホリックだと、よく言われる。多くは仕事人間なのである。中には仕事によって孤独を紛らわしている人もいるだろう。仕事がないとおかしくなる、という人も勿論、存在する。仕事がなく、何もすることがなく、誰も訪ねてこない、一日中ぼんやりと家の中で過ごす、それがいやだからといって、用もないのにその辺をうろちょろしても始まらない、そんな境遇のつらさは想像に余りあるものだ。しかし老人はそれに耐えなければならないだろう。己を律する、とはそういうことではないだろうか。寂しさのあまり毎晩のように居酒屋へ行ったり、暇を持てあましてパチンコなどに通ったりして老後の蓄えを次第に失っていく愚かしさは、自らを律している老人とは無縁のものである。

ひとりでできることというのは、案外多いものである。毎日のようにしているルーティン・ワークなども、数えあげればいくらでもあるし、これをいちいち全部やっていれば時間がかかって面倒なほどであるが、こういうものは純粋に、人間が日常になすべき尊い仕事としてむしろ単純に考え、無心に行うべきものであろう。食器の片付けなどはいつものことだから何も考えずとも無心でできるし、その他、読書、テレビ、ビデオ鑑賞、掃除、本棚などの整理、庭の手入れなどもある。ひとりでできる新たな趣味を見つけてもいい。することはいくらでも見つかる筈だ。

前章で提案した自分史の執筆などは、そういう境遇の老人に最適のなりわいではないだろうか。自分のしてきたことを振り返る、という以外にも、のちの人たちに自分の仕事を語り継ぐ、という意味もある。小生の生業である小説を書く仕事などもそうだが、はたから見て孤独な作業に見えたとしても、本人はまったく孤独ではないのである。ひとりで行う手作業など、すべてそうであろう。陶磁器を作っている人が、紙を漉いている人が、仏具の飾りを作っている人が、ひとりきりでやっているからといっていちいち孤独を感じているかといえば、そうではない。そもそも何かに打ち込むということは他人の目など気にしてはいないのだから、作業というものの殆どが本来孤独なのであって、これは当り前だ。だから逆に、仕事をしなくてすむ境遇になった人の仕事は、孤独に耐えることである、と言ってもいいだろう。

六

ちょいワル老人はなぜか魅力的だ

　この本はもともと小生がある雑誌に「老人の美学」として書いた、たった三枚半くらいの短文がもとになっている。それを読んだこの新書の編集者氏が、そのタイトルで一冊書いてくれと請うてきたのがこの本を書くきっかけとなったのだが、その短文の書き出しはこのようなものであった。「間違えてはいけない。歳をとっても若い者に負けないように恰好のいい、若わかしい老人であれなどと言っているのではない。若くもないのに若さを誇示したってはじまらない」そして、老人の美しさというのは、老年に対処する精神の美しさだなどと偉そうに書いている。

　だからと言って品行方正な、清く正しい老人になれと言っているのでもない。小生の好みかもしれないが、その手の老人は大嫌いであり、おつきあいなど到底できないし、会うのも勘弁願いたいくらいのものである。肛門愛的性格というのだが、時間厳守とか礼儀作法とか長幼の序といったものを頑固に重んじる性癖のことである。その手の老人は誰からも煙たがられて、好かれないだろう。それならばまだ、一章で書いたようなちょいワル老人の方が魅力的である。前章で、己を律すべし、などと立派なことを書いておきながら、おやおや今度はちょいワル老人かい、と、これは反対にくだけすぎのようだが、これとて過激に悪いことをするわけではない。

本来、定年退職したり、仕事を辞めたりして、まず一番に幸せを感じるのはそれまでのストレスからの解放である筈だ。ところが、特に仕事人間であった人たちの多くが自覚するのは、逆に仕事がないためのストレスなのである。ではそれまではストレスを何によって発散させていたのかというと、通常は制度内でよくないこととされている飲酒や喫煙、その他のちょっとした悪いことである。なぜ退職するまでは持っていた不良性によって、ストレスから脱することができないのだろうか。在職中には「ちょっとした悪いこと」とされていた飲酒や喫煙が、仕事から解放されてからは自由にできるのだから、それだけでもずいぶんストレス解消になる筈であり、それ以外にも「ちょっとした悪いこと」は数えきれないほど存在する。

在職中、たとえば退勤後に居酒屋へ行って酔いにまかせ上司や同僚の悪口を言ったり、勤務中にサボって喫茶店やパチンコ屋で時間をつぶしたりすると、これはろくなことにならない。しかし退職後はそんな拘束からは解放されている。誰の悪口を大声で言おうが、一日中居酒屋や喫茶店やパチンコ屋に居続けようが大丈夫である。さらに、いやな親戚のいる親族の集りや、自分を敵視している者がたくさん来る集会など、いやな場所へは老齢を理由に行かなくてすむし、家族による聞こえよがしのいや味や自分の不利益になることなどは、耳が聞こえないふりをしてやり過ごせば、気にせずにすむ。と言っても、一章で書いたように、わざとよろめいたり、つまずいたふりをしたりして若い娘に抱きついたりすれば、今の世の中いささか厳しくなっているから問題になる。まあ、お婆さんがイケメンに抱きついていくぐらいは許されるであろうが。

また、ひと昔前ならボケたふりをして、スーパーなどでちょっとした万引きをやっても許されただろうが、今は家族が呼び出されることになり、警察沙汰にまでなる。気に喰わぬ若者にからんだりすると、今の若者はすぐにキレるのでこちらの命が危ない。昔は老齢やボケを理由に老人の特典として許されたことが、今は許容されない不寛容社会になっている。こうして不良老人がいなくなり、せいぜいが、ちょいワル老人や意地悪婆さんだけになってしまった。

小生がちょいワル老人になれないのは、単に度胸がなく、トラブルを避けようとするからであって、ちょいワルをやろうと思えばいつでもやれる知力と演技力は持っている。つまりはちょいワル老人にもそれなりに美学はあるのだし、それを否定するつもりはない。ちょいワル老人もなかなか魅力的だからである。

女性に対してちょいワル行為をしようとすれば、薄汚い格好だと嫌われるので目的から遠ざかり、ある程度のお洒落が必要になってくるから、多少生活に余裕のある人に限られるのかもしれないが、それよりもまず、ちょいワル行為を行う若さと元気がなくてはならない。逆に言えば元気がいいから若くいられるのだとも言える。

あなたのようにいつまでも若くいられるには、どうすればいいでしょうかと訊ねられた格好のいい老人が、あなたも若い頃ずいぶん馬鹿なことをした筈だ、それをもう一度おやりなさいと答えたそうだが、これはある意味で正しい。「馬鹿なこと」というのをいちいち説明するには及ぶまい。若い頃にした馬鹿なことを思い出せばいいわけであり、それを説明しなければならないような、若い頃から真面目だった人はどうせ、ちょいワル老人にはなれないのである。

それにしても最近の老人はみな、善良な人ばかりに思えてならない。不良老人や、特に昔よくいた、長谷川町子の漫画のような意地悪婆さんはどこへ行ってしまったのだろう。逆に、不良老人や意地悪婆さんであれば、振込め詐欺などに騙されたりはしない筈だと思うのだ。悪への想像力というものがあるからだ。だから老人であることを口実にして歩けないとか、風邪気味だとか言って、受け子に家へ金を取りに来させ、警察に連絡し、警官に頼んで待機していてもらって、引っ捕らえさせればよいのである。しかし最近はアポ電強盗などという乱暴な者が出てきて、迂闊に取りに来させたりすれば、押し込んできて殺される恐れもある。あれは受け子が捕まりはじめてから、捕まる前に手っ取り早く押し込んで殺してしまえというわけだが、これに対処するには、こちらにも留守電とかセコムとか、録音していることを教える電話とか、相応の知恵が必要であろう。しかしこの章は、そんな犯罪に対処する方法を考える章ではないし、ちょいワル老人であればもっと効果的な対処法をいくらでも思いつくだろう。猟銃を持ち、射撃を趣味にしている理髪店の店主が、強盗なら正当防衛で殺してもいい筈だと言って大喜びしていたが、そこまでやってはいけない。

今はそれでも昔に比べたら、ずいぶん平和な社会になってきている。ここで言う昔とはつまり、敗戦直後のことだ。あの頃、条例の数がごく僅かだったことは、老人ならみな知っているだろう。ところが、世の中が平和になるにつれて、条例の数がどんどん増えはじめた。これは逆ではないのか。不良老人にとっては住みにくい世の中になってきたのだ。だからこそ今、老人の反骨精神が必要になってきている。老人を狙った若者の犯罪に対抗するためにも、老人よ、すべからくちょいワル老人たるべしと、けしかけたいくらいの気分である。

そもそもちょっとした悪事などはすべて人間の本質に根ざしている。福沢諭吉翁などは「善」というのは「偽善」につながっているものが多い、それに比べれば「悪」は自然なので信用できる、とまで言っている。印欧語の語源であるサンスクリット語などから考察した、こんな方程式もあるのだ。

善＝偽善　偽善＝悪

または

悪＝真　真＝善

と、いったものである。

但し、いかに悪とは言ってもちょいワルなどはせいぜいが不良的行為に過ぎないのであるから、人殺しなどは問題外であり、これはたとえ事故であっても許されないことだ。困るのは、例えばいつまでも車を運転していたい老人など、過失致死につながるような行為をやめようとしない老人である。こういう人は誰かに運転してもらって、波止場など人のいない広い場所まで行き、自分ひとりで思う存分車を走らせればよろしい。たとえ岸壁から落ちて溺死しても、家族は悲しみに泣くかもしれないが、一方では老人ホームへ入居させる金が不要になるから、泣いて喜ぶかもしれない。

老人に特有の我儘さ、頑固さ、怒りっぽさは、もとから憎にくしい老人がやると若い者から総スカンを喰うが、やりようによっては可愛くもあるので、一概に否定できないところがある。このあたりの我儘、頑固、怒りっぽさで皆からちょいワル老人として好かれるためには、ある種の演技が必要になってくるが、慣れない人が下手にやると鼻につき、嫌われてしまう。わざとらしくない自然さが必要なのだ。

その点、小生がずいぶん得をしているのは演技の勉強をしてきたことである。これまでにも何度か言ったことだが、演技の訓練というのはどんな職業の人にも役に立つから、機会があれば受けておくべきだろう。しかし老年になってからでは遅いかもしれない。亡くなった蜷川幸雄氏が素人の老人ばかり集めて演劇公演をやろうとしたが、うまくいかなかったようだ。しかし、もしそんな機会があれば、ぜひ参加しておくべきである。

我儘、頑固、怒りっぽさというのは、老人なら誰にでも起り得る負の感情だ。これを無理に押し殺さない方がいい。インテリであればあるほど、こういう感情を非人間的なほどの強い自制心で押し殺そうとするが、これはともすれば爆発する。その爆発力たるやなかなか馬鹿にはできないほどのもので、時には破滅的な悲劇に終ることもある。だからこそ無理のない程度に、いささかの演技を含めて小出しにするというのが利口な方法だ。もし瞬発的に出してしまった場合は自戒を含めて「と、いうような我儘を言ってはいかんいかん」とか、「なんてことを言うような、わしゃそんなに頑固な老人ではないから、安心せい」とか、「なーんちゃって」とか、誤魔化しようはいくらでもある。ちょっと人を驚かせてから安心させるわけだが、これが身につくと魅力的なちょいワル老人として皆から好かれるだろう。勿論、こういうユーモアにも演技力は必要なのだが。

悪い老人といえば、小生が四十年前に書いた小説「富豪刑事」には神戸喜久右衛門という老富豪が出てくる。主人公の富豪刑事・神戸大助の父親なのだが、この人は若いころさんざ阿漕（あこぎ）なことをやって巨大な富を築き上げた、ちょいワルどころか巨悪に近い存在なのだが、歳老いてからそれを恥じ、捜査費用に当てるための金を大助から乞われると、その度に感激して泣きはじめるのだ。

「わしは今まで、若い時からさんざ悪いことをして金を儲けてきた。金のためならなんでもするという非情な人間だったのだ。大勢の人間を苦しめ、泣かせ、時には死へさえも追いやった。わしの非道ぶりに心を痛め、お前の母さんまで死んでしまった。それでも平気だった。この歳になるまではな。今になってはじめて、心の平和のためには金なんかなんの役にも立たんことがわかった。しかし、もう遅かった。ある程度以上の金を持ってしまうと、使い道がなくなる上、何かに金を使ってもその金は余分の利息をどっさり背負って戻ってくる。財産はふくれあがる一方だ。わしの罪悪感は、ますますひどくなる」しゃくりあげた。「お前はいい息子だ。刑事になり、正義のために戦ってくれている。わしは嬉しい。やってくれ。おおいに戦ってくれ。その為にはわしの財産を全部使ってしまってくれてもよい。それがわしの罪ほろぼしになるのだ。金を全部使ってしまってくれ」おいおい泣き出した。「お前はわたしの罪を洗い浄めてくれ、わしの金を使い果すために神がこの世につかわされた天使のようなものじゃ」わあわあ泣いた。

そしてその度に喜久右衛門は咽喉に痰をつめて発作を起す。このシチュエーションは連作の各話で繰り返されるギャグである。そして大助に渡された金はなぜかいつも大きな利益を伴って返ってきて、喜久右衛門が怒る、というのも毎回繰り返されるパターンなのである。

この通りではないが、これらは案外金持ちの老人によくある性癖で、昔は吝嗇だったが己の死期を悟ると、大金をかけて集めた骨董品や家財道具などを孫が暴れて壊していくのをへらへら笑って見ているという、信じられないほどの善良なお爺ちゃんになってしまうのである。若い頃の無法を悔い、このように達観してしまうのも一種の老人の美学であろう。

七　ご隠居の知恵「愛のひだりがわ」

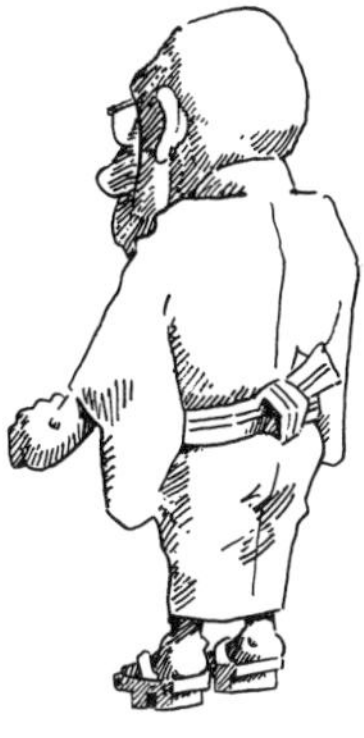

「わたしのグランパ」を書いて一年後の二〇〇〇年、岩波書店の社長だった大塚信一氏がやってきて、ジュニア向けのメルヘンを書いてくれと乞われた。で、二年ほどかかって書いたのが「愛のひだりがわ」である。久しぶりの長篇書き下ろしだった。世界が荒廃したいつとも知れぬ未来。庶民は日常生活を送っているものの、犯罪が常態化した社会でそれぞれの街は自警団を置いている、そんな世界の話である。

愛、というのはヒロインの少女、月岡愛という子の名前である。父親が愛と愛の母を捨てて出て行き、母とふたり、住み込みで働いていた料理屋でこき使われていた愛は、母が死んだので、父親を捜すためその街を出る。愛の左手は、愛が幼いとき、ダンという名のグレート・デーンに嚙まれてから不自由になってしまっていた。

雄犬のダンとはカップルになる雌犬のデンは、愛を守るためずっと愛の左側に付き添っていた。愛は犬の言葉がわかったのである。夫のダンはその後また子供を嚙んでしまい、自警団に追われて街を去っていたのだ。

話をすっ飛ばすと、父親を捜す旅の間、左手の不自由な愛のためにずっとその左側に付き添ってくれる者は、次つぎと替わっていくのである。デンは自警団に撃たれていなくなり、愛がひとりで続ける旅の途中、次にあらわれたのが「ご隠居さん」と呼ばれている老人、真田一平だった。

街から愛のあとを追ってきた若者たちが、彼女を無理やり車に乗せようとしていた時、「やめんかっ」と声がして、作務衣を来た老人が若者たちを睨みつけている。「死ぬぞ。じじい」老爺と見て怒鳴り返してくる若者たちに、老人は落ちついて言う。「ではためしに、かかってきなさい。いっとくが、わしは剣道七段、北辰一刀流免許皆伝」

なんだかよくわからないなりに、さほど勇気のない若者たちは、自分たちに背を向けた一平と愛を、うしろからさんざ毒づいた挙げ句、あきらめて車で去って行く。愛は一平の手を握って離さなかった。

一平が自分の腕前を並べ立てたのは勿論はったりである。しかし、老人が時おり発する昔言葉や古語などは若い者にとって、やくざ言葉と同様の「異言」であるがゆえに、いささかの凄みがある。一平はそれを知っていたのであろうし、自分の作務衣姿がいかにも武芸者めいて見えることも利用したのだった。小生の自宅にも槍があり、玄関に飾っているが、家では普段和服姿であるのをさいわい、いつかあれで家にやってきた変なやつを「宝蔵院流、免許皆伝」などと言って脅かしてやろうなどと、できもしないことを想像することがある。

一平は近所の人から「ご隠居さん」と呼ばれていた。以後、愛も一平をそう呼ぶことになる。お前さんを家につれて帰ったりしたら息子の嫁がうるさいのでな、と言ってご隠居さんは近くの食堂に愛をつれていく。そこで愛の身の上を聞いたご隠居は、次に自分の境遇を話し、思いを語るのだが、そこを抜粋しよう。おかみさんというのは、横で話を聞いている食堂の主婦だ。

「実はな、わしも家で、いじめにあっておるんだよ」

「えっ」わたしはびっくりした。「ご隠居さんが」

「わしは、この表通りで、大きな食料品の店をやっておったんだがね。息子の嫁が、金がほしいもんだから、息子をたきつけて、わしに店を売らせてしまい、わしから生きがいを奪いおったんじゃ」

おかみさんが、笑いながらいった。「でもしのぶさんは、ご隠居さんがお金をくれないって、ぶうぶう不平をいってるよ」

「そりゃ、あたりまえじゃ。金を全部やったりしたら、たちまち使いはたしてしまいおるわい」ご隠居さんはため息をついた。「さあ、それからは、わしをやっかい者あつかいして、金をせびるときしか笑顔を見せんようになった。わしが死ぬのを待っておるんじゃよ」

「このごろは、そんな嫁さんが、多いらしいねえ」おかみさんがいった。「親の金しかあてにできないので、みんな、親が早く死ぬのを、待っているんだってさ。親を殺したひともいるじゃないか」

「わしも、殺されるかもしれんな」ご隠居さんは、テーブルの上にからだをのりだして、わたしにいった。「なあ。愛ちゃんや。わしはおまえさんといっしょに、親父さんをさがしに行ってやろうと思う」

「ええー」こんどこそ、わたしはほんとにおどろいた。「ご隠居さんが」

「いやかね。こんなおいぼれじゃが、いろいろと役には立つぞ。それに、自分の金をぜんぶ持ってくるから、食うのに困りはせん。どうじゃ。めいわくはかけんから、わしをつれて行きなさい」

「つれて行くだなんて、そんな。でも、ずっと歩いていくのよ」

「心配するな。まだまだ足腰は丈夫じゃ」

若年層を対象にしているので、すべてにわたってだいぶ簡略化しているが、これに似た境遇の老人は案外多いのではないだろうか。自分で稼ぐ才覚のない子供たちは、口には出さないものの親が資産を遺して早く死んでくれることを望み、自分で稼げる子供たちは独立しているから、親の面倒を見ようとせず、別居しているため、親はたまにかかってくる電話が本当の子供かどうかわからずに、詐欺被害に遭って全財産を失ってしまう。どちらにしろ、こういう子供が多いのは事実なのだから、親というのはまことに孤独なものである。勿論、親孝行な子供もたくさんいる筈だし、そういう子供たちの親御さんが気分を害されたなら、お詫びするしかない。

このご隠居さんのように、家族からないがしろにされたために家出をするという老人はさすがに少ないだろうが、資産だけは大切に持っていた方がいい。そのためにはくれぐれも、詐欺などにひっかからぬよう、そこにこそ老人の知恵を働かせて、資産を有利に運用することが大切になってくる。資産を持っている限りは子供たちも親をさほど粗末には扱えないだろうから。

結局ご隠居さんは「愛のひだりがわ」についてきて旅をし、荒廃した社会の中で愛を守り、彼女を助ける。愛が不良グループから連れて行かれそうになった時には、大泣きに泣いて地面に頭をこすりつけるという大芝居を打って助け、行く先ざきで、パソコン通信で知りあった友人、昔ロック・バンドをしていた時の友人などの家を訪ねて、泊めてもらったり、歩きながらの道中、英語を教えてくれたり、途中、銃撃戦などという大変な危険に見舞われながらも、楽しく旅を続けていたのだが、愛を襲ってきた変質者を、彼女を助けようとしたはずみに殺してしまう。そしてご隠居さんは、持っていた大金のほとんどを愛に預け、警察に出頭したのだった。

この小説では、ご隠居さんはあくまで副主人公である。愛は大金を奪われて一文無しになったあと、空色の髪をした不思議な少年でサトルという以前の同級生、暴力的な亭主から虐待されていた志津恵さんという天才的な詩人、どの街でも恐れられ、追い払われていたあのダン、誘拐されたのに、その暴走族のリーダーになっていた歌子さんなど、いろんな人物や犬に左側を護ってもらいながら、さまざまな体験をし、成長していく。ご隠居さんが刑務所から出てきて愛の前にふたたび現れるのは、物語の後半、それも終り近くである。

愛から大金を奪った犯人たちは、その金で村松興業という会社を買い取っていた。ご隠居さんは市役所などをまわって会社のことを調べ、彼らがしている産業廃棄物の不法投棄や大きな金額の脱税を発見する。ここからがご隠居の、知恵のある老人としての腕の見せどころだ。愛や、暴走族も含めたその仲間たちと打合せをしたご隠居さんは、国税庁の職員に化けた全員と共に会社へ乗り込む。そして会社ごと、すべての資産を乗っ取ってしまうのである。

このあたりは社会の実践的知識を思う存分活用しながら、狡猾さも加えた対世間的な実行力を駆使する、ご隠居さんの老人としての能力が発揮される見せ場と言えるだろう。こういう局面になってくると、実は学歴などまったく関係なく、実社会でどれだけ苦労したかが問われてくるのである。下積みの職業や生活を強いられてきた人ほど、時には世故いと言われたりもするこうした世間知を身につけているものであり、これは多く老年になってから、思いがけぬ局面で発揮されるものなのかもしれない。

ここまででおわかりの方も多いと思うが、これは疑似家族の物語である。デンも生きていて、最後はほぼ全員が疑似家族として愛の周囲に集る。父親にめぐりあった愛が、彼に愛想尽かしをして親子の縁を切り、別れるという結末からも、そのテーマは浮かびあがるだろう。そしてその家族の家長はといえば、やはりご隠居さんなのである。家長としての役割を果たそうとする時にこそ、老人の美学は発揮されるものなのであろうし、逆に言えば老人から家長としての権威を奪ってしまった家族は、もはや家族としての美しさを放棄したと言えるのではないか。逆に、家族からないがしろにされた老人の側からは、すべての資産を詐欺に遭って失うことが、自分の身を不幸に追い込むことによって、家族たちへの手痛い報復をすることになるのだと言うことができよう。

小説では、最後、愛はそれまで持っていた犬と話す能力を失ってしまう。これは半ば自分の力で疑似家族を作りあげた愛にとって、もはや不要の能力となったからである。

八　美しい老後は伴侶との融和にあり

老人は孤独に耐えねばならないと書いた。しかし、たいていの老人にとって、伴侶さえいれば孤独ではないし、社会的な孤独にも耐えることができるのである。伴侶、つまり小生の場合は妻である。伴侶が男性か女性かによっても違うのであろうが、小生は男性なので、妻以外の女性のことはよくわからない。そこで以下、男性である自分から見た妻のことばかりを書くことになるが、老年の女性には無用のことかもしれないのでお許しを願っておく。

上京し、神宮前にある我が家に帰り、一、二週間滞在してから今度は神戸、垂水の我が家に帰る、といった生活が、二週間に一度、一回で二回分収録の番組に出演しはじめてから、もう二十年近く続いている。乗り物は必ず新幹線のぞみ号である。上京した時、帰神した時は、家へ帰る前に必ずレストランまたは料理屋で夕食をとる。家に帰っても食べるものがないからである。こうした往復にはずっと妻が同行している。妻が何かの用でどちらかの家に居続け、小生ひとりで移動するということはない。常に一緒なのだ。

こういう夫婦関係が案外稀であることを教えてくれたのは、東京に着いた時よく立ち寄るホテルニューオータニにある日本料理店のチーフ・ウエイターだった。彼はある日、実に不思議そうな顔をしてわれわれに訊ねたのだ。

「筒井さんご夫婦は、どうしてそんなに仲がいいんですか。わたしども夫婦は顔をあわせれば口喧嘩だし、まして一緒に外出したことなんか、一度もありません」

そして、自分の知る限りこんなにいつも一緒という夫婦は見たことがないので、夫婦が仲良くする秘訣を教えてくれと言われた時は困ってしまった。そんなこと、特に考えたこともなかったからだ。しかたなく、愛妻家として有名な俳優、リチャード・ギアの言葉を紹介した。

「妻の愚痴につきあいなさい。とことん聞いてやりなさい。その時に、こうしたらいいとか、自分ならどうするとかいった、自分の意見は絶対に言わないように。妻はそんなものを求めているのではなく、聞き手を求めているのだ。黙って、我慢して、最後まで聞くことだ」

これは強ちリチャード・ギアだけでなく、妻とうまくやっていく方法として、多くの人が言っていることである。その他チーフ・ウエイター氏にはいくつか助言したと思うが、何しろ妻が目の前にいるのでうまく話せず、何を言ったかも忘れてしまった。


夫婦関係がうまくいっていないと、歳をとってからがたいへんだ。昔、人前も構わず一緒に歩いているご亭主をのべつ怒鳴り飛ばしたり、厭味を言ったり、がみがみと小言ばかり言い続けている老女を何度か、何人か見かけたから、昔はああいう婆さんが多かったのだろう。今でも家庭内でああいう振舞いをしている人はいるのだろうか。昔のことだからよくわからないのだが、あれはいったい何だったのか。

われわれ夫婦だって、たまには口喧嘩をするが、心の底が信頼で結ばれているから、本気で腹を立てることはない。チーフ・ウエイター氏には言わなかったが、本当は愛しあっていればすべて巧くいくのである。老後になって夫婦関係が無惨な状態になる多くは、どちらかの裏切りであったろうと思う。これだけは夫婦共に、許しがたいものがあって、死ぬまで絶対に、忘れるということがない。小生が見た昔の老夫婦の仲の悪さはきっと、若い時や羽振りがよかった時の夫の浮気など当り前で、妾宅を持つ人が多かった時代だったからではないか。

演出家の高平哲郎氏の令嬢が結婚されるというので披露宴に出席した。父君の職業柄、有名な人が多く来ていたが、小生もまた何人めかにスピーチをやらされた。その時は、こんなスピーチをした。

「夫婦はまず、添い遂げるということが大事です。死ぬまで一緒、ということです。そのためには相手を愛さなければなりません。徹底的に愛するということです。例えば、いつもすぐ横で寝ていながらも、すぐ横にいるその人の夢を毎晩見る、というようでなければならない」

小生がこう言った時、会場全体から、ええー、だの、おおー、だのといった声があがったが、これは小生、本気でそう言ったのだ。また、本気でそう思っている。

そこまで妻を愛せないという人や、妻をより愛するためにはどうすればよいかという人にはこんな提言をしよう。言っておくが、これはあくまで、妻を愛するための一つの方法に過ぎない。もっと効果的な方法はいくらでもあるだろう。

妻を愛しようとするなら、あるいはまた今まで以上に強く妻を愛しようとするなら、妻に似た女優を見つけてそのファンになればいい。この女優は妻に似ているなと一度でも思った人ならば、その女優のことは忘れないだろうし、スクリーンやテレビの画面に彼女の顔が映し出されたならば、その度にああ、あの妻に似た女優だという記憶が甦るだろう。そしてその度に、その女優の中に妻と同じ顔かたちを探し、妻の表情を求めるに違いないのだ。あるいはその女優のいろいろな動作、仕草、それは彼女にとっては演技、なのであるが、その中に妻と同じ動きを見て、ああ、妻もこんなことをすると思ったりする。だいたい顔が似ている人間同士というのは性格も似ていれば体格も似ており、しぜんとすることも似てくるものである。

逆に、妻の中にその女優と似たところを発見することもあるだろう。そんな時は改めて妻に惚れなおしたり、妻を貴重に思ったり、大切にしなければと決意したりするのだ。女優が次第に老けていく時、妻も共に老けていくわけだが、その老け方を比較して面白がるというのも、老人にとってはなかなか粋なことであろう。わが妻にも、よく似た女優さんがいて、それにはより似た女優から女優への変遷があり、最初はアニメ女優のベティ・ブープ、次に五十嵐淳子、そして最終的にはほとんどそっくりな、エノケン一座にいた高清子という女優を発見して、エッセイを書くほどの大ファンになり、今に至っている。

小生の妻は性格も、生理も、知識も、何もかも小生と正反対である。だからこそうまくいっているのではないかと思う。従って意見が食い違うのは当たり前であり、なんでそんな考え方になるのかとお互い唖然としたりするし、食べ物の好みもずいぶん違うから、小生の場合はさいわいなことに偏食しなくてすむ。互いが何を言っているのかしばらくわからなかったり、時にはまったくわからなかったりする。異星人と結婚したようなもので、退屈しないし、何を言われても露骨には聞こえないため、相手がどう思っているかがわかって腹を立てる、といった、よくある夫婦間の諍いの原因にもならない。今でこそお互いの言葉をよく理解できるようになったが、最初のうちは何だかよくわからなかった。不思議なことに、だからこそ可愛くてしかたなかったものである。

男女牽引の法則というものがある。オーストリアのハンス・アプフェルバッハという性格学者が提唱した法則で、性格には、男性的性格と女性的性格があり、それぞれは男性的性格の男性、男性的性格の女性、女性的性格の男性、女性的性格の女性というように四種類の性格に分けることができる。これらはそれぞれ互いを補いあうように例えば男性的性格が七〇パーセントの男性は女性的性格が七〇パーセントの女性に惹かれる。さらには精神的サディズム、精神的マゾヒズムという性格類型があり、これも男性と女性に別れるから四種類の性格ができる。この二種の類型の組合せによって、男女合せて八種類の、次のような類型ができる。

男性的、精神的サドの男性。
男性的、精神的サドの女性。
男性的、精神的マゾの男性。
男性的、精神的マゾの女性。
女性的、精神的サドの男性。
女性的、精神的サドの女性。
女性的、精神的マゾの男性。

女性的、精神的マゾの女性。

ここで右の八種類の性格類型から試しにある相性のよい男女を導き出してみると、男性的性格七〇パーセントで精神的サディズムが六〇パーセントの男性は、女性的性格七〇パーセントで精神的マゾビズム六〇パーセントの女性に惹かれるのである。自分がどんな性格類型に当るかは、相性テストというものがあり、グーグルなどで検索すればそのリストが出てくるから、自分で試されるがよろしかろう。現代ならばそれぞれのDNAが互いを補完する形でその男女が惹かれあうという、遺伝子による相性という理屈が成り立っていて、特に多くの女性がこれを信じているようだ。

小生の場合、前記の如き理由からこれらの説や理論を半ば信じている。だからむしろ、あまりにも性格が似過ぎている夫婦など、どうしているのかと心配になるのだが、これは余計な心配であり、それはそれでうまくいっているのかもしれない。そしてアプフェルバッハの理論や、DNAによる相性が正しいと思えることは、小生と妻との間で何度もあった。性格正反対の事例としては、高価な食器を落として壊した時、小生なら自分の頬を張り飛ばして「いい歳をして何だ。莫迦」と言ったりするのだが、妻は決して自分の非を認めない。必ず「こんなこと初めて」と言う。前にもやっただろうなどと言うと大変なことになるので言わないが。

　こうして夫婦は歳をとっていき、互いのことがよくわかってくるにつれ、互いの違いもよくわかってくる。つまり、理解しあうということがどれほど大切かということがつくづくよくわかってくるのである。ここまでくれば大丈夫。たまに大喧嘩をしたってどうということはなく、また仲良くしていられる。これこそが謂わば老夫婦の美学、とでもいうものであろう。

九　老人が老人であることは悪なのか

増加し過ぎた老人人口を調節するため、七十歳を過ぎた老人が互いに殺しあうという制度ができた社会を、「銀齢の果て」という長篇にしようなどと、なぜ考えついたのかさっぱりわからない。藤原竜也主演の「バトル・ロワイアル」という映画があり、それを見て「シルバー・バトル」というものを思いついたのかもしれなかった。とにかくそんなアイディア、今なら思いついたとしても書こうなどとは思わなかったに違いない。「愛のひだりがわ」を書いて三年後、二〇〇五年のことだ。小生はまだ七十一歳、老年の心理や生理など知るべくもなかったのである。

想像されたことと思うが、これは小生の得意とするドタバタである。だから面白くなる筈だと考えたことも執筆に到った理由のひとつであろう。しかし普通に考えればこれは不謹慎な物語であり、文芸の世界ではこういう不謹慎さもブラックユーモアとして許されるという土壌がある。そしてこの本は面白いと評判になり、日活が映画化したいと言ってきて、原作者である小生は当然オーケーしたのだったが、不幸なことに多数の老人が死亡するという事件や災害が続いたため、いかにも時期が悪いというので企画はいったん中止となった。最近になってこの企画はまた復活しているらしい。

さて、小説では、老人に殺しあいをさせるというこの老人相互処刑制度、厚生労働省直属の中央人口調節機構がこの話で二年前から実施していて、この話で開始されることになる地域は日本全国九十カ所の地区、東京都内では三カ所である。これによって爆発的に増加した老人人口を調節し、ひとりが平均七人の老人を養わねばならぬという若者の負担を軽減し、破綻寸前の国民年金制度を維持し、同時に少子化を相対的に解消させようというものだ。これを書いたのは例えばまだ後期高齢者医療制度ができる前とかだったから、小説内世界とは現実の状況がだいぶ異なっているかもしれない。しかしこの小説が、ともすれば老人をないがしろにしようという、制度や世間の風潮を諷刺するものであることはご理解いただけるであろう。その風刺が最もよく現れているくだりは次の部分である。

バトルが実施されている区域の医師は、バトル対象者である老人を診療することができない。ところが九十四歳になる老婆の、六十歳代の長男が母親思いで、かかりつけの医師に電話し、心臓病が悪化したので診に来てほしいと電話で頼む。医師は当然、規則なので行けないと断る。長男は、目の前で母親が殺されそうになったら、それが法律違反であってもわたしは戦うと宣言し、「もし先生が往診に来てくださらないのであれば、それはわたしの母親を殺す行為であると、わたしは判断します」と言う。

「馬鹿言ってもらっちゃ困る」医師の声がはねあがった。「何という認識不足だ。なぜこういう制度ができたか、あんた、まだわからんのですか。最大多数の最大幸福のためじゃないですか。よろしいか。あんたみたいな人は他にもいて、その人たちにもわたしは言ってるんだが、あんたとこみたいによくできたお婆ちゃんがいる家はごく少数なんです。たいていの家では老人の我がまま、濫費、ヒステリ、病気の介護、惚けに困り抜いている。わたしんとこだってそうなんですよ。父親が死んだあと、今、母親を老人ホームに入れていますが、これが大迷惑。毎日のように金を送れと言ってくる。施設の看護師にひとり十万円ずつやったり、高価な薬を次つぎと買ったり、月に何百万も浪費する。文句を言うと『自分たちの世代が働いて、あんたたちに楽させてやってるんだ。それくらいのお金は相続している筈だ』と言うんですが、そんな、相続した金なんかとっくに使ってしまって、もうありゃあせんのですよ。わたしが怒鳴るとヒステリを起して泣く、喚く、そして卒倒して見せる。声が途絶えたかと思うと、看護師の声で『今、お母さまが卒倒なさいましたが、いったい何をおっしゃったのですか』とくる。そしてわたしの診察中は妻に電話してきて厭味を言う、怒鳴る、哀願する。妻もほとほと困り果てて、病気寸前の有様です。しかも聞けば、うちがバトル対象地区になるのは、まだ何年も先だろうということではないですか。たいていの家ではこのように、老人のために自分たちの生活が破壊されている。あんたはそういうこと、まったく考えないのですか」

実はこの話は実際に近親の者から聞かされた実話である。聞いて衝撃を受け、いかにも一般的にありそうな話だと思って早速小説に使わせてもらったのだが、こんな例はある程度の金持ちの家庭でしかあり得ないのではないか、とも思う。

終戦後の昭和中期から後期にかけて、日本の経済を発展させてきたのは自分たちであるという自負が、団塊の世代までが代表する老人たちにはあり、だから若い者が自分たちの世話をするのは当然だという気持もある。封建制の名残りや儒教をもとにした家族主義もまだまだあった時代である。しかしそんな老人の押しつけも今や通用しない。都会では子供が結婚すると家を出て独立するのが当り前の時代になった。年老いた両親の面倒を子供が見るどころか、いくつになっても独立できない息子や、後先も考えずに、あるいは家庭内暴力のために離婚して、子連れで出戻ってくる娘がいて、老人がこれらの面倒を見てやらねばならない。

財産を持っている老人は、自分は若い者の厄介になどなっていないと自慢するが、現代ではまさにそれこそが子供たちの苦労の原因になっている。大家族であれば土地屋敷や財産を共有して一緒に住めるが、今の子供たちはともすれば都会へ出て行ってしまって独立する。成功すればよいが、常にそれは極めて少数派だ。事業を興して成功する若者はよいが、失敗する若者も極めて多いのである。親に財産がなく、誰にも頼ることのできない若者が、困窮のあまり、だからこそ何の罪悪感もなく振り込め詐欺をして、老人から老後に用意しておいた金を奪ってしまう。つまり老人が使わぬ金をたくさん持っていて、何にも役立てようとしていないことが、若者から見れば罪悪なのであり、そういう金は騙して奪ってやり、自分たちが使ってやって当然であり、社会のためであり、功徳になるのであろう。少子高齢化社会と言っても、われわれ若者にとっては老人ばかりの社会なのだ、お前ら老人たちこそ、自分が貯め込んだ金をわれわれのために擲(なげう)って、数少ない若者を大切にし、財産を社会に還元しろ。いやはやどうもたまったものではない。生命保険の金まで持って行かれてしまう。

老人であることが悪である、と思われないためにはどうすればいいか。今さら親を大切になどと道徳を説いてもはじまらない。せいぜい嫌われないようにするしかない。ちょいワル程度ならいいが、最近の事件で言うなら、発車寸前の列車のドアにわざと何かを挟んで発車を妨害したり、席を譲れと言って怒鳴り散らしたりするような迷惑行為だけはやめましょう、などと、こんなあたり前のことを言わねばならないような老人は、まあ本書の読者の中にはおられまいが、情けない上に、困ったものである。もちろんこんな老人には美学などない。

だからと言って、こういう老人をすべて否定してしまってよいものだろうか。老害にはなんの益もないのだろうか。過去の政治家としての体験から示されるような、歳をとった政治家の現代にはそぐわぬ言動を、老害だと言って否定し去ることは決してできないのと同様、小生、こういう老害老人の気持もよくわかるだけに、一概に否定しきれないのだ。老人であること自体が悪だなどと決めつけてくる社会には、迷惑行為でもって復讐してやろう、というひねくれた気持があるのだろうし、老人に困らされている人たちを見て、ざまあ見ろという気持は、実を言えば小生にだってあるのだ。年齢六十歳以下の若い人たちは、それが自分たちの、老人を疎む気持が跳ね返ってきたものであることは知っておいた方がいいだろう。

十　「老人は汚い」と言われない為に

歌舞伎役者の四世沢村源之助(げんのすけ)という人が言った「ただでさえ年寄りはきたないものだから」という言葉を橋本治が紹介していたが、これは事実そうなのだろうと思う。動物学者の父が「老人が乳幼児を抱きたがってはならない。逢うのもやめた方がいい。雑菌だらけだから」と言って、自分の兄が小生の子供に会いに来たがるのを牽制していた。父の兄というのは、若い頃梅毒を病んで無精子症だったし、肺病も患っていたことがあるから、尚さら厭だったのであろう。

伴侶を亡くしたり、若さや時には美貌を失った、これは特に女性に多いのだが、どうせ誰も見てくれないのだからというので、あるいは誰からも見られる筈がないからというので、見てくれを拋棄する人がいる。これを拋棄すると、それ故に、つまりあまりの汚さゆえに人からじろじろと見られることになる。だいぶ以前に買った古い服を着て、その多くは季節はずれ、髪はぼさぼさ、履物もたいていはきちんとした靴ではない。

「敵」における渡辺儀助は、外出する時、できるだけ身ぎれいにする。ただでさえ老人は汚く見られ勝ちだからというので、清潔な服装を心がけ、彼が着るのは和服だが、できるだけ洗濯に出す。近所の顔見知りの老人が話しかけてきた時などには、ふと相手から老臭が漂ってきたりするので、我が身に置き換えて、二日に一度は風呂に入って頭を洗い、毎日シャワーを浴びる。風呂でもシャワーでもからだは丹念に洗う。特に耳のうしろ、小鼻の横、爪の間などは嫌な臭いを発していることがあるし、脇の下や内股、足指の間なども念を入れて洗う。老人の白い鼻毛が伸びているのは見苦しいから、時おり鼻下髭や眉毛の手入れ用の小さな鋏で切る。

男性の老人は、多少身だしなみが悪くても奇異の目で見られることはなく、労務者風の服装であったりやくざっぽい服装であったりしても、見ようによっては格好良かったりもするから、なんとか老人の美学として許容してもらえる。しかしこれが身だしなみのよくない老婆となると、同じ女性からも嫌悪の眼で見られることになる。これらはほんの少しの努力で見違えるほどに美しくなったり若返ったりするものである。見てくれの悪いぼさぼさの髪は、いろいろな鬘がピンキリで売られているし、小生が見ても「ほんのちょっとしたことなのになあ」と思う。スッピンで出歩くと言えば聞こえは悪いが、眉毛をちょいと描き、口紅をちょいと塗り、あとはリップクリームで艶を出せば、ただそれだけで、たとえスッピンであっても出歩けるのだ。老婆の厚化粧は滑稽であり、醜いなどと言われたりするが、これは許容するべきであろう。少なくとも身だしなみはきちんとしているであろうからだ。

小生の場合は、眉毛が薄くなってきて、そもそも肌が白いので、眉毛がないように見える。眉毛がないというのはなんとなく不気味だから、メンズ眉墨で眉を濃くしている。髭も同様に、白髪隠し用のヘアカラー・ブラッシを使ってちょんちょんと隠している。髭に白髪が混じるとなんとなく貧乏臭いからである。これらの化粧品は小生が役者をやっていた頃から使っているものであり、一般に、男性の老人はこういう化粧品をご存じないからお教えしておく。瀬戸内寂聴さんが、「筒井さんは役者をしていたから、男のくせにお化粧に抵抗がない」と感心していたが、最近は若い人がメークアップを平気でするようになった。これは人に不快感を与えないためなのだから、いいことだと思う。

そんな瑣末的なことより何より、老人が美しくあるための条件のひとつとして、性欲があげられる。老人の性欲といえば、いやらしいものと思われ勝ちだが、ここでの性欲の最終目的とするところは何も性行為に限らないのである。と言うか、直接的な性行為が不可能になった老人にとって可能な、恋愛感情と言った方がいいかもしれない。男女にかかわらず、いくつになっても恋愛感情というものは、人間が美しくある上において、なくてはならないものである。早く言えば色気だ。よく言われるように、人間、色気を失ったらおしまいである。お色気から分泌されるホルモンは男が男らしくあり、おれは美男だという自信につながり、女が女らしくあってわたしは美女よという自覚につながるものであり、お色気を維持するためには、常に誰かを恋していることが必要になってくる。

そしてこの場合、その相手は何も伴侶に限ったことではない。むしろ手の届かないほど身分の上の人、つまり高貴の人であったり、一般庶民とはかけ離れた有名人であった方がよい。身近な異性を好きになったりすると、それが例えば伴侶に気づかれた時など、実際に交際していなくても嫉妬やら何やら面倒なことになるからだ。その意味ではひそかに恋するその人が、いわゆる若いイケメンや可愛子ちゃんでないことが、老人相応であろうと思う。

恋愛感情から生まれる自信や自覚は、いわゆる二枚目意識である。自身を美男であり美女であると思っている限り、それほど醜い言動は取り得ないし、汚らしい身なりで出歩くこともないだろう。なぜならそれは、理想の恋人を胸に抱いている自己にとっての、理想の自分なのであり、あんな素晴らしい人を想い続けている自分なのだから、そんな恥ずかしい振舞い、そんなみっともない格好はできないという自制心が働くのである。これこそが汚い老人と言われないための美学だと言えよう。

さて、ふたたび話を「敵」の渡辺儀助に戻そう。渡辺儀助は「老臭」という章の中で口臭を気にしているが、これはほとんど小生自身の体験でもある。ただし儀助さんと違って小生の妻はまだ生きているので、その辺はお間違えのないよう読んでいただきたい。

生きている間は口臭を注意してくれた妻が今はもういない。妻は「腐ったどぶの臭い」だと言っていたからそんな腐臭が漂っては大変である。儀助の口臭は食べ過ぎ飲み過ぎ煙草の吸い過ぎによる急性胃炎とか急性胃カタルとかによるものだ。何度も繰り返しているうちには慢性になってしまいその先には胃潰瘍が待ち構えているからなんとしてでも治さねばならない。その予防には口臭に気をつければいいのだがこれは自分ではわからないので始末に悪い。妻の指摘が今となってはどれだけ有難いものであったか。

「腐ったどぶの臭い」という表現は、実は小生の妻の表現だ。ずいぶんひどい表現だと思うが、「腐ったどぶの臭い」がしては大変だとうろたえ、懸命に口臭をなくそうとするから、それくらい強く言ってもらった方がいいのかもしれない。儀助さんも口臭予防に懸命となる。

痛みも伴わず口臭の自覚もない胃炎にかかりやすくなったのは三十代の末頃からだ。同僚と朝鮮焼肉を食いに行きカルビクッパやユッケビビンバなど目茶辛いもので腹を一杯にしたり空腹にオン・ザ・ロックのウィスキーを流し込んだり今から考えれば無茶苦茶をした。妻に口臭を指摘されて慎むようになったが今度は空腹になっただけで妻に注意されるようになった。慢性になったかと恐れて漢方薬などを試みたが効果はない。そのうちにどうやら煙草の深夜目醒めての一服や明け方の一服がよくないらしいことに気づいた。朝がた朝食を摂るまでの空腹時が特にひどいと教えられたからである。そこで深夜や明け方目醒めて煙草を吸う前に必ず牛乳オレンジジュースの類を飲むようにした。以来口臭はほとんど治まったが食べ過ぎ飲み過ぎ空腹時の口臭は年に二、三度ではあるが妻に指摘されてそれは彼女の死に到るまで続いていた。少し油断した時に不意打ちのように臭いと言われてうろたえたものだが妻の死後は教えてくれる者がいず不安なのである。だから現在の儀助の節制は肥満の抑制以外に急性胃炎の予防でもあるのだが食事と酒は多少控えても喫煙量だけは以前のままなのであるいは年齢相応に老化している筈の胃が常に臭気を放ち続けているかもしれないなどと恐れたりもする。胃炎胃カタルは神経性のものが多いと聞くが儀助は比較的暢気なので純粋の暴飲暴食によるものだろう。

こうした口臭は現在、老年期に入って小生にはなくなった。年に一度ほど、神経を使う仕事をしている時などの空腹時、妻に軽く注意されるだけである。これは肺気腫を恐れて喫煙量が減ったこと、胃の健康に気をつけて毎朝ちりめんじゃこを混ぜて大根おろしを食べるようになったことなどがその理由だろうか。だから飲酒量も多く、結構大量の料理を食べたりもするくせに、口臭は滅多にない。胃が丈夫になったと判断していいのかもしれない。儀助さんと違って、妻がいるということはありがたいことだ。

このように健康を維持しようと努力するのは、何度も病気になっているうちには、常に病みあがりのような窶(やつ)れた姿になってしまうから、それを避けるためでもあるし、できるだけ長生きしようと思うからでもある。なぜ長生きしたいのかと問われれば、これはこの章のテーマとは離れるが、できるだけ長生きすることが宗教的にも道徳的にも生物学的にも正しいという高度で哲学的な理屈はさておき、一般に誰にでも納得してもらえるのは、長生きすれば老衰で死ぬことになり、その方が「まるで眠るように死んでいく」ことができ、若くして病気などで死ぬよりもずっと苦痛が少ないから、という誰もが望む死にかたになるからだろう。八十五歳で死ぬより九十五歳で死ぬ方が、九十五歳で死ぬより百五歳で死ぬ方が、百五歳で死ぬより百十五歳で死ぬ方が楽に死ねることは確かである。しかしよぼよぼになり、寝たきりになって生き続けることがはたして老人の美学にふさわしいかと言われれば、ずいぶん疑問である。

これは老人としての死に方の問題になってくるから、ここで論じておくことにしよう。なぜなら現代で老人の衰えと言えば、まずは認知症、そしてこれは認知症のひとつのタイプとしてのアルツハイマー病、アルツハイマー病以外の痴呆症、などであるが、こういう病が重くなると、もはや老人の美学などとすましてはいられない。自分ではどうしようもないからである。いかに「老人は汚い」と言われようが、こういう病気になってその辺を歩きまわっていれば、汚い老人と見られるのはあたり前の話である。しかしこれは個個の老人の責任ではない。誰もこんな病気になりたいと思ってなっているわけではないのだから、運命に身を委ねるだけのことだ。最終的には自覚もなくなり、身の処しかたなどどうでもよくなる。どんな状態になろうがその意識が本人にないのだから仕方がない。小生も今のうちに言っておくが、それこそもう、どうにでもしてくれ、である。

そんな境遇になっても、できるだけ老人の美学を維持したままで死んで行こうとするのが正しい考えかただと小生は信じている。ここで何よりも必要になってくるのが家族の協力であろう。伴侶や子供たちとの融和がなければ、誰が老人の見てくれや世間体を気にかけ、面倒を見てくれるだろう。

重度の認知症にもならず、まだ頭がはっきりしているうちは、立ち居振舞いや姿勢に気をつけておくべきだ。老人になると、意識せずして前屈み（まえかが）になっていたり、とぼとぼ歩きをしたりしているものだが、舞台に立っていた時の延長で、小生常に立ち居振舞いを美しく、姿勢を正しくと心がけていて、これは今でも続けているし、時には人から感心して指摘されたりもする。常からそうしていると、認知症などになってももとからの習慣で、ある程度は立ち居振舞い、姿勢共に、美しく正しくしていられるのではないだろうか。

十一　安楽死など老人の死にかたの問題

終末期の美を保ちながら死のうとする、もうひとつの解決策がある。いや。まだ日本では解決策にはなり得ていないのだが、安楽死という方法だ。これが解決策になり得ていない理由は、安楽死が法的に認められていないからである。だが、認知症になって家族に迷惑をかけ、長く生きるよりは早く死んだ方がいいと望む人は多い筈だ。そして同じ死ぬなら苦痛のない方法で、とも望むだろう。無論そんなことを考える人は当然まだ重篤な認知症にはなっていない。頭のはっきりしている老人が安楽死を求めても、その家族の多くは反対するだろうし、日本の病院では安楽死をさせてくれない。そして、これを病院が手伝おうとすると、安楽死ではなく自殺幇助ということになってしまう。法的には有罪である。また自殺では原則、家族には生命保険がおりないのである。まあ、死ぬ本人にとって、死んでしまえば意識もなく、あとのことはどうでもいいようなものだが、やはり家族が困るようであれば可哀想である。

では、事故死または他殺と見せかけて自殺するというのはどうであろう。誰でも考えることであり、これをメイントリックにしたミステリーはいっぱいある。それに生命保険会社は自殺なのに保険金を取られては損をするから、懸命になって自殺であることを証明しようとする。だから当然のことながらこの手のトリックは先刻ご承知、あらゆるミステリーのトリックを調べ尽している。残念ながら素人考えで成立つようなトリックはすぐに見破られてしまうのである。

小生一度だけ、事故なのか自殺なのか区別がつかぬという安楽死の方法を考えたことがある。睡眠薬を大量に服むと死に到るが、これは医師や薬剤師が量を制限しているから大量の睡眠薬を手に入れるのは簡単ではない。だから定期的に一定量を処方してもらい、その一回の服用量を少なくしたり時には服まなかったりし、ある程度の時間をかけて、別の薬瓶がいっぱいになるまで、こっそりと大量に貯め込む。そしてここぞという時にそれを一度に、ウイスキーでもってざらざらと全部咽喉の奥へ流し込むのである。酒と睡眠薬を同時に飲むとヤバいということは以前から言われているし、こんな乱暴をすれば、まあ二度と目醒めることはあるまいし、眼をまわして眠ってしまうわけで、苦痛もまず、ないだろう。ただし死なななかった場合に、脳がどんな状態になり、いつまでその状態で生かされ続けるかはわからず、家族にどれほどの迷惑をかけるかもわからない。やめた方がいいでしょう。

最近、老人の運転する車による事故が多発しているが、わざと車で大事故を起して自分も死ぬというのは甚だ迷惑な死にかただ。そうでなくてさえ本当の事故で女性や子供が何人も死んでいるという現実がある以上、考えるさえ不謹慎と言えるだろう。家族も責められるし、何人も何十人も殺した上自分だけ無疵(むきず)で助かったりすれば、これはもう眼も当てられない結果になるのだ。

ここからはもうファンタジイ的になってくるが、自殺する気で第三者から殺されるように立ち回るというのはどうであろうか。どう見てもアブナい奴に喧嘩を売り、渡りあった末に殺されるという方法である。相手はやくざやチンピラであり、罰せられて当然の輩だから、さほどの罪悪感は持たずにすむ。だがこれにも難点がある。最小限の労力を要する上、相当な苦痛も伴うから、要するに安楽死にはならない。またこの方法だと尊厳死とも言えない。本人としては悪い奴をやっつけようとしたのだという偉そうな言い訳が成立するが、実際には勝てるわけがないのだし、尊厳死を主張できる筈と思っていても、無法者と喧嘩して殺されるというのは常識としては馬鹿げた振舞いであり、世間的にも聞こえが悪い上、警察沙汰になるから家族にとっても迷惑である。

安楽死を望んでスイスへ旅行する人が増えている。文字通り死出の旅である。自国民に対して安楽死を認めている国や州は、オランダ、ベルギー、アメリカのモンタナ州などたくさんあるが、スイスは唯一、外国人への自殺幇助を医師に許している国だからである。勿論、処方された薬を自分で服むのだから自殺とも言えるが、これは誤って服用したという言い逃れもできる。しかし果して日本の生命保険会社がこれを認めるかどうか。

日本でこれを実現させようとするならば、日本で安楽死法案を通してもらうしかない。日本で認められているのは尊厳死で、これは自然死とも言われていて、医師が点滴の針を抜いたり、薬を服ませなかったりして延命治療を行わないことである。治療を絶つことによって苦痛が伴ったりもするから、安楽死ではない。

と、いうわけで、やはり日本では、苦痛なしに死ぬというのは至難の業であるらしい。そんな楽しみがあるとしてだが、死ぬ間際の小生の楽しみとしては、まだ未体験のモルヒネを打ってもらうくらいのことか。それが不可能であれば、次のように嘯(うそぶ)いて自分を宥(なだ)めるしかあるまい。「せっかく生きてきたんだから、死の苦痛というものを味わわずに死ぬのは損だ」

昔は医者もおらず、たいていの人は自分の家でもがき苦しんで死んだのであろうから、それに比べれば、苦痛を和らげる薬を貰いながら死ぬ方が、ずっとましというものではないか。

十二　老人が死を美的に迎え入れる方法

養老孟司さんが著書「養老訓」の中で〝講演会で仏頂面をしているのは爺さんばかり〟と書いていたが、ユーモアで聴衆を笑わせることが得意な養老氏にとっては、こういう老人たちの存在はずいぶん腹立たしいことであろう。小生、最近は滅多に講演をしないが、以前は聴衆の中によくこういう不機嫌な老人の顔を見かけて、気に障る存在だった。昔はまだ若い小生の愛読者に老人はいなかったから、きっと暇だったので時間潰しにやってきたのだろう。自分より若いやつが偉そうに何か喋っているのだから、不機嫌になって当然だろう。

普段の生活の中にあっても、常に不機嫌な老人がいる。小生の見るところ、大まかに言えば、これはあきらかに近づいてくる死に対しての感情を示しているのだと思う。わしはもうすぐ死ぬのだ、ということを知っていて平気でいられる人は少ない。老人になれば、死はすぐ近くにある。死の恐怖に脅えているから笑ってはいられない。自然と不機嫌になり、怒りっぽくなる。さらには病気でどこかが痛かったり気分のすぐれないのが常態、という人もいる。年老いると、周囲のあらゆる事象からの連想によって、死を思わずにはいられないのである。

メメント・モリというラテン語の言葉がある。「死を想え」とか「自分が死ぬということを忘れるな」とかいった意味である。これは古代の、「今は飲む時だ。今は気ままに踊る時だ」というホラティウスの詩などに見られるような、本来、食べよう、飲もう、今を楽しく生きよう、われわれは明日死ぬのだから、という意味であったらしいが、キリスト教の世になるとこれが逆の意味になって、現世での楽しみは空虚で空しいものなのであるから、われわれは死を想い、来世を想い、魂の救済を求めねばならないという主張になってしまった。しかしキリスト教に馴染みの薄い日本人にとっては単に、自分が死ぬことを常に認識していなければならない、という教訓じみた警句に過ぎない。

日本では哲学者の田辺元が、著書「死の哲学」に収録されている「メメント・モリ」という表題の論文を書いている。近代人が、生きることの快楽と歓びを無反省に追究したため、人生を豊かにする筈の科学技術が逆に人間を脅かし、現代人をニヒリストにしてしまったと述べ、「死を忘れるな」という戒告に立ち返れと主張しているのである。

メメント・モリという言葉で小生が思い浮かべるのは、ハイデガーの哲学である。解釈学と呼ばれるこのハイデガーの哲学については、小生最近「誰にもわかるハイデガー」というタイトルで、過去の講演記録を本にしているから、詳しくはそちらをお読みいただいてもよい。いくら易しく書かれていても、哲学などは面倒だという人のために、以下、簡単に説明する。

死には何度も向かい合わねばならない、なぜかというと、人間の平均寿命が現在は何歳だからといっても、その歳まで生きているとは限らないのであり、今すぐ死ぬということもあり得るからこその「死」なのである。だから何度も死の前に投げ込まれたり、自分を投げ込んだりして、何度も死と向かい合っているうちには、本当の死に先駆けて死を了解することになり、それによって今の自分が、今、何をすればよいかがわかる、というものだ。しかしたいていの老人はきっと、わしにはそんなに何度も、恐ろしい死と向かい合ってまで、先駆的了解とやらをしている時間なんかないわい、と嘯(うそぶ)くことであろう。

悟り切った老人のことばとしてよく引用されるのは、「朝、目醒めて、ああ、今朝も無事に生きて目醒めることができた、また今日も一日、生かせてもらえるのだ、ありがたいありがたい」という述懐であろう。これはなかなかの悟りであり、こう思っていれば不機嫌な表情、仏頂面などはしない筈である。しかし、そう思おうとしてもなかなかそこまで達観できないのが、われわれ凡人だ。だからどうすればそこまで達観できるのかという問いになってくる。ハイデガーを学んでいる筈の小生にしたって、死がまったく怖くなくなるほど悟りを得たわけではない。

ここはひとつ、ハイデガーとは逆に、「人間には平均寿命というものがある」と考えればいかがであろうか。しかもそれは現在、どんどん延びつつあるという状況だ。もしあなたが今、小生と同じ八十歳代半ばであれば、九十歳代半ばまではなんとまだ十年もある、と考えればよい。青春時代の十年、働き盛りの頃の十年を考えれば、どれだけ多くの出来事が、どれだけ多くの楽しいことがあったことだろう。それを考えれば、これから先の十年という年月の長さに、またあれだけの時間を費やさなければならないのかと思い、呆然としてしまう筈である。しかも今や人生百年時代というではないか。仮に百歳代半ばまで生きるとすればあと二十年だ。大変だ。例えば生まれてから二十年という長い年月は、あなたという人間が形成されるまでの、長い長い時間だったのである。その間にはどんな楽しいことがあったことだろう。それを思い出し、これからの二十年を楽しみにしていればいいのである。それどころではない。世界を見渡せば、女性だと百十七歳、男性だと百十五歳まで生きたという人が何人もいる。それはまだ延びるかもしれない。

十章でも述べたように、長生きは宗教的にも道徳的にも生物学的にも正しい、と言われているし、一般的にも長生きすれば老衰で死ぬことになり、その方が「まるで眠るように死んでいく」ことができるのだから、こんなありがたいことはない。八十五歳で死ぬより九十五歳で死ぬ方が、九十五歳で死ぬより百五歳で死ぬ方が、百五歳で死ぬより百十五歳で死ぬ方が楽なのだ。そう考えれば、死の苦痛や恐怖に脅えて生きるほどばかばかしいことはないのである。

と、いったようなことが「気休めに過ぎない」と思うか「気が軽くなった」と思うかはあなたのご自由である。とにかく死への向き合いかたは人によって千差万別であり、人生の最晩年を不機嫌に過ごすか、楽しく陽気に迎えるかもあなた次第なのである。むろん死という事実から目を背けて、面白おかしく、軽薄に、不真面目に最期を迎えるのは嫌だという人もおられるだろうから、そういう向きはこんな章など読み飛ばし、「ハイデガー」などに手を伸ばしていただくことをお薦めする。

ただ、申し上げておくが、死とまともに向かい合うのが不愉快なあまり、他の人に対しても怒りっぽくなり、不機嫌を周囲に撒き散らすのはやめていただきたい。死ぬのは厭じゃとわめき散らしているようなものであって、それこそ死期を迎える老人の、最も美的でない生き方である。先駆的了解というのはあくまで、個個の人が自分だけで自分と戦い、勝ち取るものであるからだ。

後記

この本には「美学」というタイトルがついているが、本格的な美学とは何の関係もないことをお断りしておく。小生、同志社大学文学部で美学を専攻したが、本書の内容とは無関係であり、これは美学のわが担当教授であった園頼三（そのらいぞう）先生の名誉のために申し上げておく。園先生の美学というのはシラーの美学を継承されたものであり、その美学の根本精神は正義であったと理解している。で、小生が本書で論じた「老人の美学」が正義を基礎にしているかと言えば、これはしていないのである。

さて、本書で語った「老人の美学」だが、とても語り尽くしたとは言えない。語るべきテーマはまだまだある。新潮新書編集部から提示されたテーマで、まだ語っていないものはというと、まず老人が身を以て美学を示そうとしても、そうはさせまいとする問題であり、それがいっぱいある。医療費、社会保障費を子孫に依存することについては九章でも少し触れたが、とても論じたとは言えない。他にも老老介護、孤独死など、美学からは縁遠い陰鬱で悲惨な問題は山ほどある。しかしこれらの社会的な問題に関しては、小生なんかよりもはるかに詳しい人がいっぱいいるわけで、すでにその人たちが大いに論じておられる筈なのである。いうならばそうしたことと現実に向かい合ってはいない小生の、手に余るのであり、ひたすら恐縮して敬遠するしかない。

小生は曲がりなりにも作家だから、当然、作家としての老年の美学に触れておくべきであろうとは思う。しかし小生は、過去の履歴も、考え方も、何よりもその本質が、誰が見ても作家というよりはコメディアンに近い作家なのである。だからこそ星新一が極めて真面目に「筒井君は死をどう思うか」と聞いてきた時に「死なんて記号に過ぎません」などと嘯いて失笑させたり、「自分が死ぬなんて時は、気持が悪いからその場にはいない」などというギャグを飛ばしたりもしている。ここはむしろ他の文豪たちの老年の生き方や死生観を参考にされた方がよろしい。そういう書物はいくらでもある。だから本書で書いたのは、作家としての老年の美学ではなく、あくまで一老人としての美学なのである。

「老人の美学」というタイトルの書物は、編集部の調査によると過去一冊もないそうだ。そんな本があれば読みたいものだと、もしあなたが思い続けてこられたのであれば、この本が多少なりともあなたの希望に添うものであったことを願うばかりである。

新書編集長・後藤裕二氏、次長・阿部正孝氏、出版部・楠瀬啓之氏には書くべきテーマについていろいろな案を出していただいた上、さまざまなお世話になった。厚くお礼を申し上げる。

筒井　康隆

筒井康隆　1934年大阪市生まれ。
作家、俳優。同志社大学文学部卒。
『虚人たち』『夢の木坂分岐点』
『ヨッパ谷への降下』『朝のガスパール』『わたしのグランパ』など
著書多数。

Ⓢ新潮新書

835

老人の美学

著　者　筒井康隆

2019年10月20日　発行
2019年11月10日　2刷

発行者　佐藤隆信
発行所　株式会社新潮社
〒162-8711　東京都新宿区矢来町71番地
編集部(03)3266-5430　読者係(03)3266-5111
https://www.shinchosha.co.jp

印刷所　錦明印刷株式会社
製本所　錦明印刷株式会社

ISBN978-4-10-610835-8　C0210

価格はカバーに表示してあります。

筒井康隆の新潮文庫

敵

渡辺儀助、75歳。悠々自適に余生を営む彼を「敵」が襲う――。「敵」とはなにか？　意識の深層を残酷なまでに描写する長編小説。（解説・川本三郎）

愛のひだりがわ

母を亡くし、行方不明の父を探す旅に出た月岡愛。次々と事件に巻き込まれながら、力強く生きる少女の成長を描く傑作ジュヴナイル。（解説・村松友視）

銀齢の果て

70歳以上の国民に殺し合いさせる「老人相互処刑制度（シルバー・バトル）」が始まった！　長生きは悪か？「禁断の問い」をめぐる老人文学の金字塔。（解説・穂村弘）

富豪刑事

キャデラックを乗り廻し、最高のハバナの葉巻をくわえた富豪刑事こと、神戸大助が難事件を解決してゆく。金を湯水のように使って。（解説・佐野洋）